コンサバター

失われた安土桃山の秘宝

一色さゆり

幻冬舎文庫

CONSERVATOR
コンサバター
失われた安土桃山の秘宝

contents

プロローグ

寺の庭からは、山が近くに迫って見えた。葉を落としはじめた木々のあいだで、紅葉が映えている。立っている板間が冷たく、少年は足の指を曲げた。聞きなれない鳥のさえずりが届くほどに、境内は静かだった。

庭の正面には、板間をはさんで畳の広間があった。庭に敷かれた白い砂利が光を集めるおかげで、ぼんやりと明るい。その向こうに立っていたのは、六曲一隻《せき》の屏風だった。蛇腹状に折れ曲がり、畳に自立している。

画面の隅々までたゆたう金色の雲の合間に、春から冬にかけての花が咲き乱れる。その美しさを祝うように、飛びかう鳥たちも色鮮やかだ。松や杉といった木々で羽根を休めたり、岩場を流れる小川で水浴びをしたりしている。

金箔はとうに本来の華やかさを失っているが、ほの暗さのなかでは控えめな光沢がちょうどいい。

少年は、なぜ年の離れた兄が、自宅から電車で三十分の距離にあるその寺に執着するのか、当初よく分からなかった。

しかし何度か同行して、兄の行動を観察するうちに、目的は寺そのものではなく、寺に安置された屏風であると気がついた。兄がわざわざカメラを持参していたうえ、自分でも子どもながらに二度三度と見るうちに、その屏風が特別なものであると感じられたからだ。

少年は十歳になったばかりで、兄は二十三歳になる。

兄はひねくれ者で、人からなにか質問されても相手が望むような返答を決してしなかった。だから絵のことも、なぜ気に入っているのか、はじめて訊《き》いたときはてんで話してくれなかった。

あいつは出来損ないだ、と両親は言った。言うことを聞かないし、約束も守れない。勉強も運動も不得意。昔から人を不用意に怒らせては、問題を起こし心配ばかりかける。おまえはあんな風になるな。そう少年はくり返し注意された。

兄はたいてい部屋に閉じこもり、近所の人とも挨拶せず、身なりや健康面に無頓着だった。そしてなにより人が兄を遠ざけた理由は、怒ると手がつけられなくなることだ。自分の気に食わないことがあったり、思い通りにならなかったりすると、とつぜんキレて暴力的になった。

両親にも怖がられた兄を慕ったのは、少年だけである。

少年は自分を可愛がってくれる兄が、大人たちに疎外されていることが悲しかった。

ポケットには両親から持たされた小銭が入っている。兄が一人で寺に行くことを反対した両親に、自分が同行すると陰ながら説得したときに持たされたのだ。まだ幼くても一人きりより安心できる。なにかあったらすぐに電話するように釘を刺されていた。

孤独な兄が唯一打ちこんだのは、日本画の制作や鑑賞だった。成人を過ぎても、仕事もせずに「日本画家」を自称している。絵は売れず、買い手がつきそうになっても相手が気に食わないからと突っぱねたが、少年は兄の絵が好きだった。

――あの屏風は誰が描いたんだと思う？

兄がやっと屏風のことを語ってくれたのは、三度目の訪問になるこの日の道中だった。

――偉い人？

少年は訊き返した。すると兄は、自分だけが知っている秘密を、特別に共有してやるという風に、嬉々として顔を寄せた。

――すっげぇ偉い人だよ。それなのにこの寺の人たちは、どうしようもなく見る目がないから、なにも気がついていないんだ。

寺を訪れるたびに、兄から熱心に話しかけられる住職は、言葉には出さないものの、明らかに迷惑そうだった。少年はそんな住職にいい印象を持たなかったが、兄は意に介していなかった。というか、他人から自分がどう思われているかに鈍感だった。

その日、兄は住職となにやら話しこんでいた。

兄の話ぶりは白熱し、途中で「大人の話をするから、庭先で待ってろ」となかば強引に追いだされた。少年はしばらく一人で板間に腰を下ろし、庭を見ていた。ふり返ると、例の屏風がぼうっと光っていた。

遠くの方から読経の声が聞こえた。無気味な生き物が唸《うな》っているようで恐ろしく、恐怖をふり払うように庭に目をやる。屏風の絵によく似た、松や杉が根をはっていた。いつのまにか暗く曇りはじめた寒空では、無数の鳥が奇妙な形の群れをなしていた。

兄はなにをしているのだろう——。

「行くぞ」

ビクッとしてふり返ると、兄が無表情で見下ろしていた。

兄はこちらが立ちあがるのを待たず、目も合わさずに、門に向かって歩いていく。表情は分からない。けれども気配からして、「大人の話」がうまくいかなかったのだ。少年は戸惑いながらも、兄を見失わないように小走りであとをついていった。

家に帰ってから、兄は夕食もとらず部屋にこもっていた。少年の部屋は、兄の部屋と襖《ふすま》を隔てたところにある。夜、布団にもぐりながら、少年は兄の気配に耳を澄ませた。もう寝たらしい。

兄のことを恐ろしいと感じたのは、その日がはじめてだった。寺からの帰り道、兄は一言も口をきいてくれなかった。なにか思い詰めたように、仏頂面をしていた。ぶつぶつと呟いているのが聞こえて、「どうかしたの？」と訊いても無視された。

寺を去るときにふり返ると、固く木の扉を閉ざした巨大な門が、今にも少年を呑みこもうとする化け物のように見えた。走っても走っても、どこまでも追いかけてくる。となりにいた兄は吸いこまれ、暗闇のなかに消える――。

そんな悪夢から、少年は「うわっ」と声を上げて目を覚ました。

ぴたりと閉ざされた襖の向こうからは、寝息さえしなかった。

「お兄ちゃん？」

反応はない。

恐る恐る襖を開けると、誰もいなかった。布団はもぬけの殻で、兄の姿は見当たらない。

少年は家のなかを探したが、兄は消えていた。どこに行ったのだろう。トイレに起きだした母から「早く寝なさい」と注意され、ふたたび布団に入った。

兄がいなくなったことは、母に伝えなかった。

少年はまだ幼いので、夜中に一人で出歩いたことなど一度もない。それでも、兄を今すぐ探しにいくべきではないかと煩悶した。どうしよう、どうすればいい？　そう考えているうちに、気がつくとふたたび眠りに落ちていた。

つぎに目が覚めたのは、明け方だった。

空がうっすらと明るい水色に変わり、鳥のさえずりが聞こえた。襖の向こうから物音がして、のぞいてみると兄が戻ってきていた。毛布にくるまっていても寒いのに、兄はなぜか汗をびっしょりとかいている。そして、かすかに震えていた。

「大丈夫？」

声をかけると、兄はこちらをふり返った。眼が血走っていた。

兄はすぐに視線を逸《そ》らし、ぼそりと答えた。

「なんでもないよ。寝てろ」

翌日、仕事から帰って夕刊を読んでいた父が、「これを見てくれ」と顔色を変え、母に小さな記事を指し示した。同じテーブルで夕食とっていた少年は、はじめのうちテレビに夢中だった。

「このお寺って……」

絶句したあと、母は少年の名を呼んだ。

「なに？」

「大変なことになったわ」

その記事では、昨日兄と訪れた寺が火災にあったと報じられていた。いくつかの文化財が燃えて、被害を受けたようだ。兄が固執した屏風が含まれるのかどうかは、少年は確認できなかった。

「昨日二人で寺に行ったとき、お兄ちゃんに変わった様子はなかったか？」

父に訊《たず》ねられ、少年は「別に、なにもなかったよ」ととぼけてみせた。

兄が深夜にいなくなっていたことは打ち明けられなかった。できれば、あれは夢であってほしいと願った。というか、悪夢の延長だったのだと思いこもうとする。本当に兄がいなくなっていた証拠はどこにもない。

「でも寺から帰ってから、部屋にこもりきりじゃないか」

父は不安げに、兄の部屋の方を見た。

兄は朝からふさぎこんでいて、少年とさえも口をきいてくれなかった。兄が汗まみれになって明け方に家に戻ってきたことは、結局、両親にも誰にも話さず終いだった。警察の人が訪ねてきて、あれこれ事情を訊ねられるまで、兄も決してその件に触れようとはしなかった。

第一章

春

イースター休暇の夜、ロンドン、ベイカー・ストリートのプラタナス並木は電飾にいろどられていた。人通りは多いものの、まだ四月なので風は冷たい。玄関先に出ていた糸川晴香《いとかわはるか》は、トレーナーの裾を伸ばした。その日遊びにきていたアンジェラとその娘を見送ったあと、赤レンガの建物のなかに戻る。

その建物は一階がカフェになっており、二階よりも上は晴香の仕事上のパートナーであるケント・スギモトが、工房兼自宅として使っている。晴香はその一室に下宿をさせてもらっていた。

三階の共有スペースに入ると、気まずい空気が流れていた。

ケントはとつぜんの訪問者と、テーブルを挟んで向かいあって腰を下ろしている。訪問者はケントの方をまっすぐ見ているが、ケントは目を合わせずに腕組みをしていた。そして、ため息まじりに言う。

「急な嵐みたいだな」

「最近は晴れてたじゃないか」

「あんたをたとえてるんだよっ」

訪問者は、ケントの父である椙元桂二郎《すぎもとけいじろう》だった。

鼻筋が通っていて目や髪の色が少し明るく、欧州風の顔立ちをしているケント・スギモトは、イギリス人の母と日本人の父を両親に持つ。一方、父はケントに似ているが、彼ほど背は高くはなく、コートの下は着物姿だった。着物を普段着にしている人の、こなれた着こなしである。

桂二郎は、ロンドンでも有数の東洋美術を扱う骨董商だった。その名は日本でも知られており、ケントに出会う前から、晴香もその店を知っていた。しかし骨董商という職業柄もあってか、詳しい活動歴は謎に包まれている。

目の前にいる桂二郎は、どう見ても酔っていた。初対面なので、晴香はしらふの彼を知らないが、おぼつかない足取りと酒の臭いを漂わせているから間違いないだろう。息子に会うのに緊張して、何杯かあおってきたのだろうか。

ケントは家族について多くを語ってこなかったが、母を早くに亡くし、父と長いあいだ疎遠だったと間接的に聞いている。

まだケントと晴香が大英博物館で働いていた頃、桂二郎は息子に居場所を知らせる暗号のヒントを残し、行方をくらませた。姿を隠さなければならない理由があったのか。また息子に本当はなにを伝えたかったのか。

結局、桂二郎は無事に発見されたが、なぜそのようなことをしたのか、晴香には分からず終いだった。その事件をきっかけにして、ケントは大英博物館を去った。そのうえ、晴香も一緒に退職することになったので、桂二郎は晴香の人生にも影響を与えている。だからこそ気になっていた。

「春の嵐か。わが息子ながら詩的で気に入った」

桂二郎はおどけた調子で言うが、ケントはにこりとも笑わない。いつまでも本題を切りださないことに、息子がしびれを切らしていると気がついていないのか、桂二郎は明るい調子でつづける。

「しかしあんな事件に依頼人を巻きこんで、ただで済んだわけじゃないだろう?」

今その話題はマズいのでは、と晴香はケントを見る。

案の定、不快さを隠そうとしないときの、不機嫌な表情になっていた。

幻とされてきたゴッホの《ひまわり》をめぐる事件では、ヒースロー空港爆破という予想もしなかった展開を引き起こした。

幸いにして、知名度が上がったおかげで、依頼の数は増えた。しかし悪い点は、その内容があやしげなものに一変したことだ。素性の知れない相手が多く、どこか犯罪の臭いがする依頼ばかりだった。

しかも真相はどうであれ、著名なコレクターから預かった《ひまわり》ほどの名画を易々と盗まれたらしい、という悪評も広まっている。独立後、途切れることなく舞いこんでいた美術館などの公的機関からの仕事は、目に見えて減ってしまった。

正統かつ堅実にやっていきたい晴香は、危険な仕事には関わりたくない。その一方、ケントは口先であやしい仕事はしないと公言するものの、実際には裏の道に自ら進んでいるように見えてならなかった。

ロンドン警視庁美術特捜班の民間顧問はつづけているが、警察内部で捜査方針の検討や組織改変に忙しいのか、あえて距離を置きたいのか、呼びだしはその後かかっていない。ケントの方も、事件の真相を知られる危険を避けるためにはちょうどいいと話しているとはいえ、晴香は心配だった。

二人は修復士《コンサバター》として、表舞台から徐々に遠ざかりつつあった。

このままケントの助手をつづけていて大丈夫なのか、という不安はつねに晴香の頭の片隅にあった。それは大英博物館を退職したときから変わらない。あれほど直感に従って行動したのは、晴香の人生ではじめてだったからだ。

ケントの助手になった頃、晴香は長らくアルバイトをしていた大英博物館で、日本人としては珍しい常勤職を得ていた。そこまで到達するのも、決して平たんな道ではなかったが、ケントに対する憧れと尊敬があったからこそ、彼とともに辞めると決意したのだ。

今のところ、その決意は揺らいでいない。

しかし晴香はケントを知らなすぎた。彼がどんな生い立ちで、どんな本音を隠しているのか。修復士としての信念や哲学は、《ひまわり》の事件でも理解できた。そしてそれは敬意と共感に値する考え方だった。

けれども、人としては？　美女を見れば口説かずにいられないプレーボーイでありながら、根本的に女性を信頼していないのはなぜか。なにより女性に限らず、どうして身近な人を試すような真似をするのか。

彼の抱える問題の根底には、父である桂二郎の影があり、その過去と深く関わっているように思えてならなかった。

黙っているケントに、桂二郎は酔った調子でこうつづける。

「ケンちゃんよ、お父さんはおまえのことを、子どもの頃からよーく知ってる。だから忠告しておくと、信頼というのは築くのは一生かかるが、壊れるのは一瞬なんだ。軽率な行動をとったら、全力で埋め合わせをしなきゃならない」

「今日もくだらないことを言いにきたわけか」

「今日もというと？」

「以前あんたが一度だけここに来たときもだ。そのときもベロベロに酔っていて、別の助手をドン引きさせてた。滅多に会わなくても会話の流れはいつも同じ。説教ばかりで本題に入らない」

「優秀な修復士は人の話をよく聞くものだ」

「もう聞き飽きたから早く用事を教えてくれ」

「用事がなきゃ息子には会えないのか？　今夜はアンジェラから誘われたんだ」

「アンジェラだって？」

ケントは憤った様子で、はじめて桂二郎の顔を見た。

いわく桂二郎は、《ひまわり》の事件のあと、息子を案じてアンジェラに電話をかけたという。アンジェラは無事に解決したと答え、イースターのお祝いで晴香たちとタコ焼きパーティをするので、来るといいのではと言ってくれたらしい。

「どうせ自分のいいように解釈したんだろ？　それとも、半分くらいつくり話か」

ケントが目を逸らして肩をすくめると、桂二郎は呆れたように「いい年齢して、まだ反抗期なのか」とため息を吐《つ》いた。

「あんたこそ、口をひらけば人を不愉快にさせることばかりで、結局は自分の利益になることにしか興味がないじゃないか。昔からずっとそうだったよな。あんたは好きなときに会いにくるけど、俺はあんたに会うのに一年待たされたこともある。あんたは自分のことしか考えてないんだ。そのせいで、俺たちはふり回されてばかりだ」

これまでの軽口と違い、桂二郎の表情が曇った。

俺たち、というのがケント以外に誰を指すのか、晴香には分からない。

「あれは仕方なかったんだ」

「そうか、今も酒の力を借りないと話せないのも、仕方ないんだな。次に会うときは酒樽まるごと飲み干してから来るかもな」

刺々しい言い方で、ケント以外笑っていない。

「そんなに嫌なら、帰ることにしよう。水をさして悪かったね」

桂二郎は立ちあがり、晴香は追いかける。一段ずつ慎重に階段を下りて玄関へと向かううしろ姿は、老人そのものだった。おもてまで見送りに出て、「お会いできてよかったです。お話は何度もお伺いしていたので」と声をかけた。

「いや……とつぜん押しかけて、君にも悪かったね」

「いえ、そんなことは。ご挨拶が遅くなりましたが、私は紙専門の修復士です。スギモトさんと出会う前から、桂二郎さんのことは存じあげていました。お店にも何度か足を運んだことがあります。お目にかかったら、これまでどんなお仕事をなさってきたのか、お話を聞きたいと思っていたのですが」

頭を下げると、桂二郎はやっと笑顔をとりもどした。

「君みたいな人が、息子の近くにいると知って安心したよ。今夜ここに来た一番の収穫は君に挨拶できたことかもしれないね。いや、醜態をさらして恥ずかしい。息子は私との過去についてかなり脚色してる。でもその心理もよく分かるよ。苦労をかけたからね、とくに母親が亡くなったあとは」

「早くに他界なさったと聞きました」

少し躊躇《ためら》いながら答えると、桂二郎は肯《うなず》いた。

「じゃ、おやすみ」

去り際の表情を見て、晴香は胸が痛んだ。


ダイニングルームに戻ってから、テーブルのうえに置き忘れられた、桂二郎が持ってきた小さな箱が目に留まる。ケントに知らせると、不機嫌そうに「どうせ厄介なものを持ってきたんだろう」と奪われた。

「勝手に開けちゃっていいんですか」

「時限爆弾かもしれない。細菌兵器だったらどうする」

「真面目に訊いてるんですけど」

なかに入っていたのは、十数センチの卵――イースターエッグだった。

イギリスでは春の訪れを祝うために、特別に飾りつけた鳥の卵を坂のうえから転がす伝統がある。ただし目の前にあるのは本物の卵ではなく、「ファベルジェの卵」のように金細工でつくられた宝飾品だった。

「母が集めてたものだ」

ケントはイースターエッグを机のうえに置いて、そう呟いた。

「本当はイースターの贈り物を渡しに、ここにいらしたんじゃないですか？　だったら気の毒ですよ。せっかく来てくれたのに。今からでも桂二郎さんに電話した方がいいんじゃないでしょうか」

「うるさいな。親父のなにを知ってる？　きっとなにか取り引きしにきたんだろう。なにも分かっていない君にとやかく言われる筋合いはない」

「なんですか、感じわるっ！　もういいです」

晴香はため息を吐いて、自室に戻った。ベッドに腰を下ろし、やり残した仕事に着手しようとパソコンを開くが、集中できない。今夜の出来事をふり返れば、桂二郎はただ息子に会いにきただけだ。それなのに、ケントの子どもじみた態度はなんだ？　家族を大切にしたい古風な考え方を持った晴香は、事情があるにせよ、会いにきてくれたのに追い返すのはよくないと思う。

ケントはさまざまな性格をあわせもっている。仕事ではつねに冷静で、広い視野を持って取り組む。修復すべき作品を前にすれば、誰も気がつかないような些細なヒントを見落とさず、あらゆる可能性を調べ尽くし、慎重に突き進んでいく。作品のカルテに当たるコンディション・レポートを仕上げるのはたいてい晴香の役割だが、ケントから受けとるメモは、過不足がなく完璧だった。

にもかかわらず、彼は近しい相手に対しては、信じられないくらい子どもっぽくて視野が狭くなる面もあった。仕事で関わる相手にはどんなに紳士的でも、身内には甘えが働くようである。だからケントの直感的に本質を見抜ける才能は、かなり限定的なものなのだと、付き合いが長くなるほどに実感していた。

ドアをノックする音が聞こえて「はい」と答えると、「俺だ」という返事があり、ドアが開いた。

「入ってもいいって、許可してませんけど？」

パソコンに視線を落としたまま冷たく答えると、ドアの向こうに立っているケントは「悪かった」と言った。

「なにがですか？　とやかく言われる筋合いはないと拒絶されたこと？　それとも一生懸命やってるのに、秘密主義の相方にいつまで経っても信用してもらえないこと？　どちらも気にしてませんよ、私、打たれ強いんで」

「そう意地になるなよ。入ってもいいかな」

どうぞ、と晴香が顎をしゃくり、ケントはベッドの端に腰を下ろした。

「君のことを信用してないわけじゃないよ。むしろ、今は一番信用してると思う。もし不快にさせたのなら謝る。ただ――」

そこまで言うと、ケントは少し間を置いた。

「ただ、君はただの友人じゃなくて、仕事の相棒だ。君ほど一緒に仕事をしていて楽な相棒はいないし、こんなに相性のいい人材を他に探せるとも思わない。だからチームメイトとしての協力関係を守りたい。そのためには、お互いに個人的な部分に立ち入るべきじゃないと思ってたんだ」

もっと不愉快なことを言われると思っていた晴香は、拍子抜けして顔を上げる。

ケントがこちらを見ていた。

大英博物館で働いていた頃、晴香はケントに恋愛にも似た感情を抱きそうになり、慌てて自制したことがある。彼も同じように注意していたのか？　だからあえて距離を置いて一線を引いていた？　恋愛下手な晴香は考えもしなかったが、彼なりの優しさとして理解することにした。

「私もスギモトさんのことを今後も支えたいと思っています。今は力不足かもしれないけど、もっと成長して一人前になりたい。でも正直、今のままじゃ不安なんです。スギモトさんのことがよく分からないっていうのもあるし、《ひまわり》の事件後、仕事の依頼だってあやしい内容が増えてるし。この先、私たちはどうなってしまうのか」

はじめて打ち明けた本音を、ケントは受けとめるように肯いた。

「つまり、君の懸念事項は二つ。一つ目は俺の本心について。二つ目は将来のこと。そういうことだな？」

「まぁ、そうですね」

「後者の懸念事項については、約束するよ。つぎに引きうける仕事では、危ない橋は渡らないし、絶対にミスも犯さない。いつ大きな依頼が舞いこむかは分からないけど、もう嘘はつかずに全力を尽くすって誓う」

「本当ですね？」

ケントは肯いて、指切りを求めた。その仕草は今までの彼にしては素直すぎるけれど、彼なりに変わりたいと思っていることが伝わった。晴香は怒る気力をなくして「分かりました」と自身の小指を差しだす。「よし、約束できた。つぎはもうひとつの懸念事項。俺のことについてなにが知りたい？　今ここでなんでも正直に話すから」

晴香はベッドに座り直し、パソコンを脇に置いた。

「じゃあ、率直に訊きます。どうして私を試すようなことをするんです？」

「試す、ねぇ」

「はい。下宿をはじめた当初から、部屋《フラット》の鍵を渡してくれなかったり、試用期間を設けたりと、全然信用してくれなかったですよね？　最初は知り合って間もないからだと自分に言い聞かせていましたが、一緒に大英博物館を辞めてからも、スギモトさんが脳内で企てていた計画について、なにも教えてくれなかった。いくら裏切っても私が離れていかないかどうか、まるで何度も実験するみたいに」

そのことをどう思っているのか、晴香は確かめる必要があった。

ケントは立ちあがって窓辺に立つと、腕組みしながら外を眺めた。

「たしかに君の打たれ強さには感謝してるよ。ただ、もう二度としないって口先で言うのは簡単だけど、正直に言って自信はない。今までにも同じような失敗をして、関係を壊した経験があるからね。アンジェラもそうだよ。彼女と別れたのは俺が何度もこりずに浮気したせいだった。彼女は愛想を尽かし、別の男の子どもを妊娠して人妻になったってわけだ」

　これまで一切語られることのなかった二人の過去に衝撃を受けつつも、晴香は本題から逸れないように訊ねる。

「さっき帰る間際の桂二郎さんと、スギモトさんのお母さんの話になりました。そのことと今の話には関係が？」

「かもしれない。母の実家は、昔の名誉や地位にしがみついているような、保守的な貴族階級の家系でね。母は子どもの頃から、どうも馴染めなかったらしい。アジア人の父と結婚したのもその反動だろう。猛反対されたと聞いたけど、母は形骸化した古臭い因習から逃げるために、実家よりも父を選んだわけだ」

「以前、オークション・ハウスの顧客担当をなさっていたと聞きました」

「家柄のおかげで、コレクターとの人脈があったからね。ただし母としては、実家のつながりで仕事をしていることに、長いあいだ葛藤があったんだろう。だから余所者《よそもの》である父とも理解し合えたんじゃないかな」

「どんな方だったんですか？」

「優しい人だったよ。とくに東洋美術が好きでね。若いときにはインドやシルクロードを放浪した経験もあって、思想や宗教にも関心を寄せていた。俺が修復士になったのも、父以上に母の影響だよ。母から、好きなことを追求して、人のためになる仕事に就くように教わったんだ」

「まさに今のスギモトさんの仕事ですね」

「ありがとう。でも母はある時期から、父に対して不信感を抱くようになった。もちろん二人の不仲の詳しい原因は分からなかったけど、母の口ぶりからして、なんらかの裏切りがあったんだと思う。子どもながらに、そう記憶してる。両親は顔を合わせるたびに喧嘩して、母が父との離婚を考えていたことも察していた。そしてある時期から、母は精神的に不安定になっていったんだ」

そこまで話して、ケントは少しのあいだ無表情で黙りこんだ。

「俺が九歳のとき、母は交通事故で亡くなった。運転していた車が側道の木に激突したんだ。警察によれば、ブレーキ痕はなかったらしい。ハンドルミスか、よそ見運転だろうと判断された」

「そうだったんですね」と晴香は息を吐いた。

ケントは淡々と話をつづける。

「母がいなくなったことも悲しかったけど、一番つらかったのは自殺という可能性を拭えなかったことだ。遺書もなかったし、その直前まで自殺するような素振りもなかった。でも人の心なんて分からないものだろ？　もし母が自ら死を選んだのなら、俺は棄てられたってことだ。もっと言えば、母が死んだのは自分のせいかもしれないっていう考えが頭から離れなくなった」

「まさか！　どうしてそんなことを？」

「通わされていたカウンセラーによると、親を喪《うしな》った子どもの心は、そういう思考に陥りがちらしい。さらに悪いことに、父はアルコールに頼るようになって家では大荒れ。ろくに話もできなかったし、俺も寄宿学校に入って実家に帰らなくなった。それ以来、ずっとこんな調子だ」

ケントは自虐的に笑うと、こちらに背を向けてベッドに腰を下ろした。

「夫婦になにがあったのか、桂二郎さんに今からでも訊かないんですか」

「もちろん、訊いたことはあるよ。でも教えてくれない。今じゃ、仮に本当のことを知っても、どうしようもないしね。同じ業界にいる限り、父の力を借りた方がいい場面があるのは分かってるけど」

しばらく沈黙したあと、ケントはふり返って訊ねた。

「これで君の心は晴れたかな？」

晴香は肯く。

「すみません、スギモトさんの過去に無理に立ち入ることになって」

「気にしなくていいよ。遅かれ早かれ、知ることになっただろうから。むしろ、心置きなく君が仕事できるなら、お安い御用だ。さて、今夜はいろいろと気を遣っただろうから、おやすみ」

ケントはほほ笑みを浮かべ、そっと晴香の肩に手を置くと、部屋を出ていった。晴香は寝る支度をしてベッドに身体を横たえたが、いつまで経っても眠くはならなかった。出会ってからさまざまなことがあったが、この夜ほどケントの誠実さに触れたことはない。それなのに、なぜか悲しくて仕方なかった。

*

ベイカー・ストリートにふたたび思いがけない訪問者があったのは、イースター休暇から数日後のことだった。リージェンツ公園では水仙が咲きみだれ、たくさんの人が春の陽気を楽しみに訪れている。ドアを開けた晴香は「あっ」と声を上げた。

立っていたのは個性的な風貌の、身長百五十センチ前後で痩せっぽちの女性だった。青白い顔のあちこちにピアスをつけ、着古した大きめのオイルドジャケットに、すり切れたスキニーのデニムという英国パンクロッカー的な出で立ちである。髪は白に近い金髪で、まっすぐ見返す瞳は色素がうすい。

ある意味ではかない印象は十代のようだけれど、実年齢は晴香よりも年上だ。彼女もケントや晴香と同じく修復を生業《なりわい》としていたが、今は分からない。こちらが知る限り、刑務所に入るまでは少なくともそうだった。

晴香はほんの数回だけ、刑務所の面会室で会ったことがある。それも正確に言えば、ケントが対面しているのをモニター越しに見ていただけなので、彼女の方は晴香のことを知らないはずだ。それでも、晴香の記憶に彼女のことは深く刻まれている。

なにより驚いたのは、ジャケットの袖からのぞく右手である。ぴくりとも動かない、光沢のある人工的な色合い。やはり義手だった。間違いない、彼女はケントの計らいのおかげで刑務所から出所した片腕の修復士――ヘルだった。

「あんたは？」

「晴香といいます、スギモトさんの助手で」

よく考えれば、先に名乗るべきは訪問者の方なのに、思わず答えてしまう。ヘルは肯きもせずに「彼は？」と問いを重ねる。こちらには名前を訊ねる余裕も、ましてやなんの用かと質問する隙も与えられなかった。

「いますけど」

ヘルはつづきを待たずに、晴香の脇を猫のようにすり抜けたかと思うと、階段を上がって工房のドアを開けた。油絵の表面についた汚れをとっていたケントは、驚いたように顔を上げてから「おやおや」とメガネ型拡大ルーペをとった。

「珍しい客だな」

「こんなに狭苦しいところで修復をしてるのか」

いきなりの感想に、ケントはにやりと口角を上げて、「他にいい場所を知ってるなら、紹介してくれよ」と返す。「私は刑務所くらいしか知らない」と答えたあと、ヘルはどかりと応接スペースの椅子に腰を下ろした。

「手短に済ませよう。数日前、父親を追い返したそうじゃないか」

思いがけないヘルの言葉に、ケントは眉をひそめた。

「なぜ知ってる？　黒魔術でも使ったか？」

「馬鹿を言え。彼は息子たちに修復の依頼をするつもりだったが、仲の良いことに喧嘩になって本題を切りだせずに終わった。そこで代わりに私のところに連絡し、引きうけないかと交渉しにきた」

桂二郎とヘルの関係は謎に包まれている。ケントいわく、ヘルは以前から桂二郎の画廊に出入りしており、仕事を請け負っていたという。だが、二人がどういった経緯で出会ったのかなど、詳しいことは分からない。

「だったら、君がやりゃいいじゃないか。なぜ親切にも俺たちのところに伝えにきてくれたんだ？　正直言って、刑務所から出たばかりで仕事に困ってるんだろう？　君だって仕事が回ってくるのはありがたいはずだ。それとも、仲の良い親子のあいだに入るのが趣味なのか？」

盗品を専門に修復をしていたヘルは、運悪く刑務所に入れられた。経歴上、すぐに仕事を見つけるのは難しいだろう。昔の取引先との仕事を再開してしまえば、また刑務所に逆戻りになりかねない。

ケントの問いに、ヘルは無表情のまま答える。

「私が刑務所から出られたのは、おまえのおかげだ。頼んだわけじゃないが、借りはつくりたくない。それに無料《タダ》で仕事を分けてやるほど、私はお人好しじゃない。おまえたちが依頼人の満足のいくよう仕事を終えられれば、報酬の何割かをもらう」

「そういう目的か」

ケントはお手上げだというように両手を掲げた。

たしかにヘルが出所できたのは、取引を持ちかけたケントの尽力のおかげだった。ケントはヘルの不運な境遇に同情して、手を差し伸べたくなったと話していた。ヘルは余裕たっぷりにほほ笑んだ。

「おまえにとっても、悪くない仕事だと思うぞ。先日の事件で調子に乗りすぎたせいで、業界からの信用を失ったままなんだろ？　私のようなはみ出し者にも噂は届いている。人のことを心配できる立場とは思えないな」

ケントは肩をすくめて「やれやれ。厄介な依頼じゃないだろうな？　警察沙汰はもう懲りてるんだ」と頭に手をやった。

ふっと鼻で笑ったあと、ヘルは足を組んだ。

「それは、おまえと助手で判断すればいい。彼女は日本人か？」

「そうだよ」

「だったら好都合だな。頼みたいのは日本美術の仕事だ」

「持ち主は？」

「ロイヤルラスター社の会長」

ロイヤルラスターといえば、誰もが聞いたことのあるイギリスを代表する陶磁器ブランドである。創業二百年を超える、王室ご用達の老舗《しにせ》であり、紅茶文化の発展を支えてきたような会社だ。

「ラスター家は東アジアをはじめ、優れた東洋美術のコレクションを代々有している家系でもある。ただし昔から非合法的な手段で文化財を買いあさってきたものだから、最近ではブランドイメージを守るために、その内容を公表していない」

「なるほど」とケントは表情を変えずに肯く。「つまり一般的に知られてしまうと、すぐに本国に返せと非難されるような、とんでもなく価値のあるコレクションを隠し持っているというわけだな」

「理解が早いじゃないか」

「具体的にはどんな作品なんだ？　たしかにラスター社のコレクションは、親父とも縁があったはずだ。想像した通りだな。あの男が意味もなくここを訪ねるわけがない。頼みがあったんだろうとは思っていたが、そう易々とは引きうけられないな。どんな裏があるか分かったもんじゃないし」

「またそんなこと言って！」

晴香は憤りつつ、ケントの警戒はもっともかもしれないと思う。大英博物館のシニア・コンサバターを務めていた彼は、英国内のコレクターを熟知している。どんな作品を所有し、どのような趣味を持つのか。そんな彼が自身のルーツである日本の美術品であるにもかかわらず、存在を把握していないコレクションだなんてあやしすぎる。

「で、答えは？　おまえたちの意見を訊きたいわけじゃない。詳細を知りたいなら、直接会いにいって質問しろ。やるのか、やらないのか？」

「仕方ない……話を聞くだけ聞きにいこう」

「え、本当に？」と晴香はケントの方を見る。

「ああ、親父の弱みも握れるかもしれない」

そういう問題じゃないだろう、と晴香が抗議するよりも先に、ヘルは立ちあがって「分かった、桂二郎に伝えておく。近々ラスター社からおまえのところに連絡があるだろう」と言った。彼女が玄関から出ていくのを見送ってからケントに訊ねる。

「本当にいいんですか？　どんな作品かも分からないのに」

「だからだよ。親父の望みを叶えてやるのは癪《しゃく》だが、作品を見てから引きうけるかどうかを決めればいい」

さては好奇心に駆られているな。といっても晴香も、なぜヘルが仕事を斡旋《あっせん》してくれるのかと半信半疑になりながら、英国随一の陶磁器ブランドの東洋美術コレクションという点に興味を引かれていた。

＊

翌週、二人は列車でストーク・オン・トレントに向かった。ストーク・オン・トレントという町は、イギリス陶磁器の一大生産地として知られる。ロンドン・ユーストン駅から北西へ向かって国鉄で約一時間半の距離で、マンチェスターの真南に位置する。

今朝のロンドンは分厚い雲に覆われていたが、二車線しかない素朴な駅に降りたった北部の空は、おだやかに晴れていた。その代わり、季節が逆戻りしたように冷たい風が吹いている。念のため持参していた冬用コートが重宝しそうだ。

待ち合わせまで時間があるので、二人は駅前のパブで簡単に食事を済ませた。週末とあって、休日を謳歌する人々で混みあっていた。地元民だけではなく、伝統的な英国陶磁器のテーブルウェアを買い求めにきたのであろう、ガイドブックを手にしている観光客も目立った。

昼過ぎ、駅前に停車したベンツから運転手が降りてきて、声をかけられた。

「プロフェッサー・スギモトですね？」

晴香は思わずケントを一瞥《いちべつ》して「プロフェッサー？」と訊ねる。

「一応な。大英博物館でシニア以上の役職についたというのは、大学教授と同等の肩書になるんだよ。悪くない響きだ」とケントはさっそうと進み出た。

暖かい車内の後部座席に乗りこむと、六十代後半ほどに見える運転手はふり返って言う。

「ラスター家は郊外にあるので、ここから三十分ほどかかります」

「楽しみですね」とケントはほほ笑んだ。

車の外を流れる景色は、イギリスののどかな田園風景そのものだった。しっとりと靄《もや》に包まれた緑のなだらかな丘には、煉瓦《レンガ》造りの家々が点在する。春の草花が自然に植えこまれたブリティッシュ・ガーデンは、おとぎ話の一場面を思わせた。

「ストーク・オン・トレントははじめてですか？」

運転手はバックミラー越しに訊ねる。

「いえ、何度か調査に来たことがあります。ラスター社ははじめてですが」

「さすが、愚問でしたね。この町はウェッジウッドやロイヤルドルトンなど、有名な陶磁器メーカーがこぞって本社を構える、陶磁器のふるさとですからね。駅前の銅像は、イギリス陶工の父とされる、ジョサイア・ウェッジウッドの像でしてね。ほら、あそこに古い窯《かま》が見えますでしょう？」

おしゃべりな運転手から促されるままに窓の外を見ると、巨大なワインボトルのような煙突付きの窯が、建物の奥の方にいくつか並んでいる。老朽化しているらしく、煤《すす》で汚れているうえに煙はもう出ていない。

「ボトルの形をしているので、ボトルオーブンと呼ばれます。あれはこの町の歴史を物語るシンボルですね。十八世紀後半から十九世紀にかけては、今のように電気やガスを使用せずに、石炭を燃やして陶磁器がつくられていました。この辺りは石炭の産出地で、陶器をつくるのに適した良質な土にも恵まれていました」

「条件が揃っていたわけですな」とケントは窓の外を見ながら答える。

「その通りです。ですから、ボーンチャイナと呼ばれる英国特有の技法も、ここで発明されました」

「あなたもここのお生まれですか」

「ええ、祖父の代からラスター社に勤めています。マンチェスターの美大を出たあと、デザイナーとして就職しました。父子にわたって長いあいだお仕えしていると、会社のさまざまな側面を知ることになります。もう定年退職していますが、今は会長秘書として雑務をしているというわけです」

「なるほど。それで、今回修復を必要とする作品は、ラスター家秘蔵の東洋美術コレクションだとか？」

「それはご自身の目で確認してください」

運転手はまだうんちくを語り足りなかったらしい。英国陶磁器は「ロイヤル」という名がついていても「王立」ではないのだという話になった。

ヨーロッパ大陸の陶磁器は、マイセンやセーヴルなど、王家の庇護のもとで発展した歴史を持つために、現在に至ってもおいそれと手に入る値段ではない。一方で、イギリスのブランドは「民間」主導であるために、上流階級のみならず、中産階級や労働者のあいだでも、安価かつ実用的に楽しまれたのだとか。

しかもラスター社が得意としたのは、テーブルウェアというよりも、建築資材のタイルの方だった。ビッグベンの鐘で知られる国会議事堂の床には、ラスター社の年代物のタイルが用いられているという。他にも、バスタブや浄水器といった商品も、この会社の重要な生産ラインであるようだ。

また、同社は日本の柿右衛門《かきえもん》作品を早くに大量輸入し、それを模した様式を開発していたため、アジア趣味の商品がトレードマークでもあった。だからこそ、東洋美術の名品を蒐《しゅう》集《しゅう》していてもなんら違和感はない。

「むしろ、茶や陶磁器といった文化がイギリスで根付いた背景には、つねにアジアとの交流がありましたからね。あまり大きな声では言えませんが、阿片《アヘン》戦争のような争いにもつれこむほどに、その歴史は複雑で根深い……でしょ？」

冗談めかす運転手に、ケントは「大英帝国はあまりに多くの争いをくり返してきた」と窓の外を見ながら呟いた。

よく考えれば、ラスター家の先代たちがアジアの技術を視察するついでに、優れた東洋美術を母国に持ち帰っていたならば、日本や中国に現存するものよりも、よほど貴重なものが含まれている可能性は十分にあった。だから好奇心にかられたケントは「見るだけ見よう」と言ったのだと納得する。

現会長は、パトリシア・ラスターという七十代前半の女性だった。パトリシアの名を検索すると多くのインタビュー記事がヒットした。建材向けの生産ラインは長年、中国産をはじめとする安価な商品に水をあけられていたが、パトリシアは女性として初の会長職に就任したのち、財政難にあったラスター社を舵取りしてきた。

それにしても――。運転手と楽しそうにおしゃべりするケントを横目に、晴香は不安になる。

ストーク・オン・トレントに出発する前、彼には念を押していた。

――百歩ゆずって話を聞くとしても、ヤバそうな気配がしたら、今回は断りましょう。いいですね？

――もちろん、心得ているよ。君とはこのあいだ指切りをしたところじゃないか。それに俺だって、しばらくは大人しくしておきたいんだ。君の方こそ、俺のことをもう少し信頼してくれてもいいんじゃないか？

ケントはまっすぐな目で断言していたのに、送迎車に出迎えられ、久しぶりに「プロフェッサー」の敬称で呼ばれて気をよくしたに違いない。本当に断るつもりはあるのだろうかと心配になる。

――君はヘルに対してずいぶんと警戒するね。つぎに来た大きな依頼は全力でやろうって言ってたのに。

痛いところを突かれて、晴香は言い訳をした。

――だって刑務所に入っていた修復士ですよ？　桂二郎さんの頼みじゃなければ、絶対に反対するところです。

あのときは誤魔化したが、本音のところ、どうもケントがヘルを特別視していることがわけもなく気に入らないのだった。しかし正直に答えるのは癪なので、晴香はもっともらしい理由をこじつけた。

やがて車は、陶磁器工場の前を通った。古びたボトルオーブンはなく、コンクリートの真っ白な壁でできたモダンな建物だった。一部は改装されて、観光センターになっているという。ここにはロイヤルラスターのファンが年間を通して訪れ、博物館やショップも併設されているそうだ。

「よろしければ、お帰りの際にお立ち寄りください」

車はモダンな建物を横切り、私道を進んでいった。さらに石垣の門をくぐると、遠くの方にレンガ造りの館が現れた。城というほどの大きさではないものの、町のどの家とも比べものにならないほど大きく、きれいに整えられた前庭に囲まれていた。いかにも領主の住まいといった風情《ふぜい》だ。

「ようこそ、ラスター邸へ」

運転手は車を停車させて、後部座席のドアを開けてくれた。

車を降りて、ケントは「ずいぶんと静かですね」と呟く。

「昔は賑やかだったんです。一族全員がこの周辺に住んでいましたから。でも今は経営陣に入っていても、ロンドンに移住した方がほとんどで、ここに生活の拠点を置くのはパトリシアさまと家政婦だけになりました。幸い、来客用の寝室はたくさんありますので、ご希望でしたらご宿泊していただけます」

屋敷の屋根を見あげると、伝統的な英国建築と違って、灰色の鬼瓦が用いられ、切妻造になっている部分もあり、アジア趣味が混じっていた。といっても、レンガや左右対称のデザインは洋風なので、擬洋風建築ならぬ擬東洋風建築とでも呼ぶべきか。

「東西交流の証《あかし》だな」とケントが呟く。

招かれたエントランスの中央には、二人の背丈を超えるほどの、超巨大な絵付けの陶磁器が鎮座していた。

正面の階段から下りてきた一人の高齢女性を見て、パトリシア・ラスターだと晴香はすぐに気がついた。インターネットで見たのはもっと若い頃の写真だったが、今でも姿勢よく高いヒールの靴を履きこなしていて、とても七十代には見えない。

サテン生地のパンツに、肌触りのよさそうなセーターというシンプルな服装だが華やかで目を引く。白髪の交じったブロンドの髪を結いあげ、化粧の仕方も品がいい。ケントを見ると、隙のない笑みを浮かべてしわを深めた。

「今日はよくお越しくださいましたね。パトリシア・ラスターです」

「はじめまして。お招きいただき光栄です」

「まずは、なにか飲みますか？　奥で準備してあります」

家主は二人に家政婦を紹介して、コートを預けさせた。運転手は「では、私はこれで失礼します」と去っていく。

廊下を歩きながら、いくつかの部屋の前を通りすぎた。土壁や障子がある一方で、窓は小さくて暖炉がある。廊下のあちこちに飾られる調度品は、欧州のタペストリーから、掛軸や仏像といった東洋美術までじつにさまざまで、和と洋がせめぎ合っていた。

「立派な甲冑《かっちゅう》ですね」

晴香が思わずケントに囁《ささや》いたのは、堂々と鎮座した武将の装いだった。

「当世具足だ」

「トウセイグソク？」

「戦国時代から安土桃山時代に生まれた甲冑の様式だよ。大鎧《おおよろい》や銅丸といった様式から発展して、着用しやすいようにカスタマイズできる」

「さすがね」とパトリシアは満足げに言う。

「どうやら日本のなかでも、安土桃山時代の美術に目がないようですね。さきほど廊下にも黒織部《くろおりべ》を見つけました」

「感心するわ。せっかくだから、うちにある作品を鑑定していただこうかしら。このあいだ隣町のアンティーク・フェアで、見所のありそうな竹籠を見つけてね。見る目のある人の意見を聞きたいと思っていたの」

ケントは調子のいい反応を見せている。このままでは好奇心に任せて、冷静な判断を下せないとも限らない。晴香が咳払いをすると、ケントは会話を切りあげて「それで、今回修復をご依頼いただいた作品というのは？」と訊ねた。

「そう焦らず。説明するのでまずはこちらへ」

案内された応接室のテーブルには、ロイヤルラスターのテーブルウェアと花の活けられた壺が並んでいた。パトリシアは椅子にかけるように促し、草花の柄がプリントされたカップに紅茶を注いで手渡した。

「せっかくなので、拝見してもいいですか」

ケントは腰を下ろさず、まるで家具の一部のように装丁が統一された書籍の棚に向かった。

「どうぞ」と快諾するパトリシアに礼を言い、晴香はケントにつづく。書棚には写真立てもあって、ケントはそのうちの色褪《いろあ》せた一枚を手にとった。

ラスター邸を背景に、若い女性二人がほほ笑んでいる。

この頃に出会っていたら、ケントはパトリシアのどんな依頼も無条件で引きうけていただろうな。そう思うと同時に、もう一人の女性に対して、どこかで会ったことがあるような感覚をおぼえた。

ケントも目を見開き、写真に釘付けになっている。思わずといった様子で写真立てを手に取った。

「分かったかしら？　私と一緒にうつっている女性は、あなたの母親であるオリビア。それは彼女がオークション・ハウスで働いていた頃、何度かうちの美術品を見にきてくれたときの写真ね。審美眼のある人だったから、家族にも信頼されていた。あなたはその遺伝子をしっかりと引き継いでいるわね」

ケントはその写真を両手でそっと棚に戻すと、「私に見せようと、わざわざ飾っていたわけですか」と訊ねた。

「驚かせてごめんなさい。でも百聞は一見にしかずっていうでしょう。もっといいものを見せてあげる」

パトリシアは椅子から立ちあがり、書棚下段の扉からアルバムを一冊取りだした。身をかがめるときに、かすかにバランスを崩しかけ、ケントがそれを手助けする。若々しく見えるが、高齢には変わりない。パトリシアは椅子にゆっくりと腰を下ろし、ページをめくって差しだした。

生後まもない赤子を抱いて、アジア人の男性と肩を寄せるオリビアがうつっていた。

「あなたは一度、この家に来たこともあるのよ。私の膝のうえに乗ったこともね」

ケントは動揺した様子で、その写真を眺めた。

「さすがに憶《おぼ》えていませんね……あなたが両親とずいぶん親しかったことも、存じあげませんでした」

「当然のことよ。あなたが成長する前に、私たちは疎遠になってしまったから。コレクターと商人という関係は、美術品を介して強い絆《きずな》で結ばれている一方で、ほんの些細なことがきっかけで決定的に損なわれてしまうものなのよね。どんなに親しくて心を通い合わせていたとしても、二度と口をきかなくなることだってある。その点は、家族に似ているかもしれないわね。美術品の魔力に囚われた悲しき同族ってところかしら。そこに大金をめぐる利害関係も絡むから、とても厄介なの」

「なにがあったんです？」

「そうね……それは、私の口から言うべきではないと思うわ」

ケントはしばらく無言で、彼女の考えが変わることを待っていた。しかしパトリシアはケントの両親とのあいだに起こったことや、疎遠になった理由を詳しく話してはくれなかった。ただ過去を思い出すように、アルバムに視線を落としていた。

つぎに口火を切ったのは、ケントだった。

「今回の依頼は、まず父に声をかけたそうですね？」

「ええ。桂二郎さんに連絡したのは、ずいぶんと久しぶりだったわ。うちのコレクションの多くが公表はおろか、あまりに古くから存在するので世間的には存在しないことになっているの。だから扱いに手こずっていて、公的機関に頼むわけにもいかない。そこで、長年の溝を埋めるためにも、桂二郎さんにお願いして口の堅い修復士を紹介してもらったという経緯ね。もちろん、彼の息子であるあなたが、大英博物館で要職を務める優秀な修復士だったということも、念頭にあったわ」

「では、最初から私に白羽の矢を？」

パトリシアは老眼鏡を外し、上目遣いでケントを見つめた。

「その通りよ。あなたのことはずっと注目していて、遠くからその仕事ぶりを見守っていたの。大英博物館に若くして就任したシニア・コンサバターとして名を馳せたあと、独立した直後に起こした事件のせいで、業界の評判が芳しくないことも、もちろん逐一詳しく調べていたわ」

「醜態をさらしてしまいましたね」

「とんでもないわ」

パトリシアは応接室の窓に視線を投げた。

ロイヤルラスターの製品ラインを支えるモダンな建物の向こうに、陶器の町であるストーク・オン・トレントを一望できた。

「私もわが社初の女性会長として、いろんな評判を立てられたものよ。でも世の中の風潮は必ず変化する。今があなたにとって苦しい時期なら、ぜひ力になりたいわ。幼い頃から知っているからじゃなく、私は折にふれて展覧会やオークションであなたの修復した作品を目にしたり、論文を読んだりしてきたからよ。周囲の意見がどうであれ、私はあなたを高く評価しているし、応援したいの」

そこまで言われれば、断るのは至難の業《わざ》だろう。一方で、パトリシアがどうしてもこの仕事をケントに任せたいと考えていることも窺《うかが》い知れた。ケントは肯いて「私たちになにをしてほしいのです？」と訊ねる。

「前置きが長すぎたわね。では、案内しましょう」

パトリシアは廊下の奥——方向感覚に優れているわけではない晴香は、すでに自分が屋敷のどこにいるのか分からなくなっていた——にあった扉の鍵を開けた。木製のなんの変哲もない扉だったが、その先には地下につづく階段が待っていた。

足を止めたケントに、晴香は小声で訊ねる。

「地下恐怖症って、まだ克服してないんでしたっけ」

「なんの話だ？」とケントはこちらを見ずに答え、先に進んでいく。

階段は、壁も床も無機質な白で統一されていた。蛍光灯がその隅々までを均一に照らしだしている。角を曲がると、その先にまた別の扉が待っていた。しかしその扉はさきほどの扉とは対照的に、ダイヤル式やシリンダー鍵などで何重にも施錠された分厚い鉄扉だった。

まるで美術館ではないか——。

そんな晴香の直感は、ずばり的中した。

パトリシアが時間をかけて開けた扉の向こうは、そこに、数え切れないほどの美術品がところせましと飾られている。ちょっとしたスポーツができそうなほど広かった。天井も五メートル以上はありそうだ。V&A博物館の別館だと言われても、なんの疑いも抱かないだろう。

壁には油絵だけでなく、鏡や時計といった調度品やタペストリーなどの工芸品が天井近くまで掛けられているが、わけても存在感があるのは屏風の群れである。さまざまな土地や時代の屏風絵が、空間の中心で列をなしていた。

複数の面をつなぎあわせて、自立する家具でもある屏風は、古代中国で生まれ、日本や韓国に渡って発展を遂げ、さらにヨーロッパに輸出された。書画の描かれた中国の屏風をはじめ、西洋趣味の木彫りの衝立《ついたて》までさまざまな種類がある。

アンティーク調のソファに腰を下ろし、パトリシアは言う。

「一八九〇年代にアジアを渡り歩いた曽祖父は、とくに屏風に目がなかったの。折りたためるし、簡単に持ち運びができるからって。それ以来、ラスター家の人々は屏風を集中的に買うようになった」

晴香はパトリシアの話を聞きながら、迷路のように空間を仕切る屏風を、一枚ずつゆっくりと眺めた。やせ我慢していそうだったケントも、驚きのあまり、地下恐怖症の症状など吹き飛んでしまったらしい。

日本から遠く離れた異国で、これほど多くの屏風を目にすることになるとは——。よほど大きな美術館ならまだしも、個人コレクターが所有しているレベルとは思えなかった。欧米では、購入したとしても、空間の間仕切りという本来の用途すら知らないケースもある。大英博物館でも、展示ケースのなかに絵画と同じ方法で飾ることがあった。しかしパトリシアは、かなり詳しい知識でもって、それらをケアしているらしい。

「紙作品に最適な温湿度管理ですね」

ケントが言うと、パトリシアは肯いた。

「でしょう？　ここは昔、紅茶の保管室に使っていた地下室なの。アジアの国々とイギリスとでは、あまりにも気候が違うでしょう？　だから少しでも長く紅茶の質を保つために秘密の倉庫をつくったというわけ。輸入が禁じられた種類の葉も、窓のない地下室であれば安心して隠しておけるものね」

パトリシアは思わせぶりな口調で言う。こんなに広い地下室が存在するとは、廊下奥にあった質素な扉からは想像もつかないだろう。今では公にされない美術品の保管庫に生まれ変わっているわけだ。

「しかしずいぶんと勿体ぶりますね。私たちに修復してほしい作品というのは、この空間にはないのでしょう？」

「あら、よく分かったわね」

「当然です。この部屋には、さらに複数の扉がある。屋敷の広さからしても、空間がまだ先につづいている証拠だ。ということは、本当に大切な作品は奥に隠されていると考えるのが当然でしょう」

パトリシアはいたずらっぽい笑みを浮かべると「まずはこのコレクションを見てもらわない限り、信じてもらえないと思ったのよ」とソファから立ちあがった。さきほどの写真の件にしても、ずいぶんと用心深い淑女だ。

つぎに足を踏み入れたのは、大空間に比べれば一回り小さな、白い壁に囲まれた展示空間だった。窓も装飾品もない、薄暗いがらんどうのなかに、美術品一点だけがスポットライトを浴びている。

六曲一隻の屏風だった。

ただし連続した六枚のうち、右端の第一扇《せん》は明らかにダミーと分かる、金箔が一面に貼られた真新しいパネルで代用されている。またそのとなりも部分的に損傷している。

けれども大部分は、いずれも艶《あで》やかな濃彩でいろどられ、墨の線が迸《ほとばし》っている。背景はすべて金色で、雲として表現されていた。その雲から見え隠れするように、四季の草木や鳥が変化していく様が、まばゆく演出される。

画面は右から左へとうつり変わり、時間の流れを表す。

たとえば、ダミーのとなりの第二扇からは夏だ。日差しを受けて樹木が生い茂り、朝顔、百日紅《さるすべり》、芙蓉《ふよう》、キスゲといった花々が咲きほこる。その奥で、涼しげに流れる小川には、はっとする青さのカワセミが飛び交う。

中央辺りでは、秋が表現される。赤く燃える紅葉の下に、ススキや菊の花が風で揺れていた。さらに左側の面では、雪のつもった松の根本で、赤いサザンカの花がほころび、ツグミが羽を休める。

一瞬、花の香りが漂ったように錯覚する。木々のざわめきや鳥たちのさえずりまで、耳に届いてきそうだった。長い年月を経ているものの、色の鮮やかさ、輪郭の墨の濃さ、背景の金箔と、どれも状態はいい。失われた部分を除いては。

「ここを見てくれ」

ケントが示した左下に、小さく落款が記されていた。

近寄って確認した晴香は、絶句した。

「まさか」

「ああ、州信《くにのぶ》印だよ」

狩野永徳《かのうえいとく》の諱《いみな》、州信の落款だった。

本当にこれが、永徳の筆だというのか。

「どう思う？」

「正直、信じられませんね」

ケントも同意らしく、腕組みをして絵を見つめていた。

狩野永徳は、何百年とつづく絵師集団、狩野派の棟梁だった。織田信長、豊臣秀吉といった戦国時代の強者《つわもの》たちが、こぞって永徳に絵を注文した。そして永徳は、権力者が建てた安土城、聚楽第《じゅらくてい》、大坂城といった大建築を、つぎつぎに斬新なスタイルで飾った。

日本美術史上もっとも豊潤で活気に満ちた期間とされる安土桃山時代に、天才の名を恣《ほしいまま》にした画壇の寵児《ちょうじ》――それが狩野永徳である。

その作風は、大画面にまばゆい金箔と極彩色で、近接拡大した巨大なモチーフを大胆に描いて、パノラマスクリーンとして仕上げるというものだった。その迫力と臨場感は、戦国時代に下剋上の勝者となった武将の要望に、見事に応えた。

しかし知名度に比べれば、その偉業の大半が戦火によって焼失してしまっている、という事実はあまり取り上げられていない。

作品の悲劇的な末路も、永徳の存在を神格化させている大きな理由だ。

だからこそ、永徳作品はミステリアスなだけでなく、きわめて価値が高い。幸いにして遺《のこ》った作品は、いずれも国宝に指定されるか、名だたる博物館に所蔵されるか、皇室の私有となるかして、大切に受け継がれている。

永徳の屏風がここにあるというのは、にわかには信じられなかった。

しかも目の前の絵は、「怪々奇々」と評された、大胆で迫力にあふれる永徳様式とは趣を異にしている。たしかに季節ごとの花と鳥を巧みに組み合わせて、長寿を祝うというやり方は、狩野派二代目、元信によって確立された、典型的かつ人気も高かった手法ではあるけれど。

弟子筋の作品に「州信」印が捺された、珍しくない例かもしれない。

こちらの動揺を察したらしく、パトリシアは言う。

「この屏風は、京都のとある古美術商から買いとったの。長らく存在を忘れられていたらしいけれど、永徳の筆であることを示す落款があるから本物に違いないって、古美術商から説得されたわ。私はそれを信じてコレクションに加えることにした。本物だと直感的に思ったから。心惹《ひ》かれるものがあったのよ」

ケントがなにも答えないので、彼女はしばらく絵を見つめた。

「騙《だま》されやすいと思った？」

「いいえ、そんなことは」

「いいのよ。自分でも呆れてしまうくらい、大胆な決断だったから。でもね、ラスター家には昔から、東洋への強い憧れがあるの。紅茶という文化はじつは東洋由来のもので、今も大部分はアジアで生産されているという理由からよ。私も十代になって、はじめて日本に滞在したとき、その文化の奥深さに魅了されたわ。そして日本で茶道の文化が確立されたのは安土桃山時代だと学んで、だからこそうちのコレクションにはその時代のものが多いのだと納得した。

　安土桃山時代の日本では、生命力に満ちた豪華絢爛な完全美が誕生した。でもその一方で千利休によって無装飾、不完全の美を尊ぶ侘茶《わびちゃ》もはじまった。光と闇、老いと若さ——その両義的な性格が、なんとも味わい深いと思った。それで素人のイギリス人なりに、当時のことを調べていた。だから古美術商から、この屏風はじつは安土城に描かれたものだと聞かされたとき、とても驚かされた」

「いや、しかし……安土城内の絵はすべて焼失しているはずでは？」

「一般的にはそう言われている。でも私はそのことを、今も信じているの」

　パトリシアの真剣さを察したらしいケントは、声のトーンを落として答える。

「なるほど。ただ、検証の余地がありそうですね」

安土城は、十六世紀末、織田信長が天下統一の拠点として、近江《おうみ》安土の地に完成させた巨大な城郭である。天下をねらう者としての信長の自負心を満足させたのは、壮大な天主閣からの眺望だけでなく、その内装を飾った永徳率いる狩野派の絵画群だったという。

永徳が一門の命運をかけて筆を走らせた、黄金色に輝くゴージャスな世界を、信長は絶賛した。しかしそんな一世一代の大作はほどなくして、信長が命を落とした本能寺の変の直後に、城とともに儚《はかな》く焼失した。

安土城はどんな城だったのか。永徳は安土城にどんな絵を描いたのか。日本美術ファンのあいだでは、大いに想像をかきたてられる謎とされている。万が一、古美術商の話が真実だった場合、国宝になってもおかしくないだろう。

しかしそれほどの作品を、なぜパトリシアが手に入れることができたのか。どういったルートや思惑で、古美術商の手にこの屏風が渡ったのか。また、彼女はいくらほどの大金を積んだのか——。

こちらの困惑を見抜いたらしく、パトリシアは口調を強めた。

「あなた方にお願いしたいのは、単なる修復じゃないの」

「というと?」

「見ての通り、この作品には欠損があるでしょう?」

六枚でひとつの画面を構成するはずが、現状、一枚と半分ほどが失われている。

一枚のカンヴァスのうえに表現する西洋絵画とは異なり、空間の間仕切りである日本の屏風や、襖戸に描かれる障壁画は、何枚かの「扇《せん》」と呼ばれる面から構成される。したがって、描かれたあとに散逸してもおかしくはない。

もともとこの屏風は六曲一双、つまり各々六面から成る右隻と左隻、計十二面の作品だった可能性もある。ただし「四季花鳥図」という画題から推測するに、欠けているのは春の季節だけだった。もとから一隻の作品であると考えていいだろう。

「あなた方には、失われてしまった一枚をよみがえらせてほしいの」

パトリシアは言った。

「復元、ということですね」ケントは息を吐いて、渋い表情でパトリシアを見た。「ちなみに、あなたが古美術商から買ったとき、この屏風はすべて揃っている状態だったのでしょうか」

「いいえ。欠けている部分は、古美術商から買った時点ですでに存在しなかった。だから私も、この屏風の完成形を知らないの」

頭に手をやったケントの懸念は、晴香にもよく分かった。

復元や模造といった行為は、修復の一種だ。単なるコピーとは根本的に異なり、昔の技術の解明と継承という役割を持っている。晴香も今では見られない過去の名品をよみがえらせるというプロジェクトに、何度か携わった経験があった。

しかし実際の復元には、数々の障害があり、並々ならぬ経験値と技量が必要だ。なにより本物と向き合い、本物を分析しながら行なうのが常である。これまでの仕事では、いずれも原物は存在した。

どんなに損傷や劣化が激しくとも、原物があればヒントを見出せる。ヒントがなにもないとなれば、正解のない問いに挑むようなものだ。その難易度は、個人の修復士ができる範囲を超えているのではいか。

「完全に失われたものを復活させるのは、至難の業になります。それに類似した屏風を探したところで、正解も分かりません。あなたも失われた一枚を実際に見たわけではないのなら、どうやって答え合わせをするんです？」

想定していた質問らしく、手を小さく挙げて先を遮った。

「無論、正解が分かれば、それに勝る答えはない。でも説得力を持った答えならば、仮説でも構わないと思っている。私は正確さを重んじる役人や学者じゃないの。ただこの絵を愛していて、偶然手にしただけの個人コレクターよ。そんな私にとっての正解は私自身のなかにある」

「あなたにとっての『正解』に、ヒントはあるのですか？」

「そうね……私にとって狩野派のもっとも面白いところは、因果応報を絵のなかに読みとれるところよ。父の作風があってこそ、息子の作風へと受け継がれ、その孫の代が成立している。世代を超えた、一個人では成しえない時間軸での、変化やつながりを読み解くことが狩野派絵画の醍醐味だと私は思ってるわ」

「まるでラスター家のように？」

「どうかしら」とパトリシアはほほ笑んだ。「彼らには負けるわよ。四百年以上つづいた画家の家系なんて、世界中どこを探しても見つからないから。だからロマンのようなものを感じるんでしょうね」

ケントは息を吐いて「だいたいは分かりました」と答える。「ただ、あとひとつお伺いしてもいいでしょうか？」

パトリシアは眉を上げて、なんでも訊いてくれとでも言うように、手を差し伸べた。

「失われた一枚をよみがえらせて、どうなさるおつもりです？　今回の依頼の動機を伺わせてください。私たちとしても、うまく復元できたとしても、あくまで復元です。そのために大金を払うというのは、どうもしっくりきません」

パトリシアは作品を眺めながら思案したあと、「少し庭を歩かない?」と誘いだした。

ふたたび大空間を横切って階段をのぼり、玄関口とは反対側のドアから、パトリシアはおもてに出た。空は晴れわたっており、小高い丘から、地平線までつづくのどかな田園風景を一望できた。

戦国時代の日本から時空を超えて、イギリスの田舎町に戻った気分だ。

「あなたの疑問は、もっともだと思う。きっとあなた方はここに来る前に、私やロイヤルラスターの経営状況について、ある程度調べてきたのでしょう? だとすれば、かつてこの町を支配するほどだった絶大な影響力が、今では老人のように衰えたことも知っているはず。私自身も気がつけば、周囲から引退を待たれている悲しい老人になった。そのことが一番大きな理由かしら」

晴香は以前、別の大コレクターが同じようなことを口にしていたのを思い出す。

「とくに一年前、私は大きな病気をして、遠出の出張ができなくなってね。そのことを悲観してはいないし、意欲も失われていないけど、残された時間が長くないことを実感するようになったの。人生でやり残したことに取り組みたい。見たかったものを一度でいいから見てみたい」

パトリシアの口調には強い意志が感じられた。

「万物は流動し、生きとし生けるものは、すべて入れ替わる運命にある。そんな栄枯盛衰のようなものを、あの襖絵には感じるの。病気をしてからは、さらに強く感じている。だからせめて社の実権を握っているうちに、四季を完成させて循環をよみがえらせたい。そうすれば私の、死に対する恐怖も和らぐように思うから」

いつのまにか日が雲に隠れ、冷たい風が吹き抜けた。

ケントは真剣な面持ちでパトリシアの話に「分かりました」と答えた。「そういうことなら引きうけましょう」

邸宅に戻ると、パトリシアは家政婦に「話はついたわ。みなさんに集まってもらってちょうだい」と告げた。そしてこちらに向き直って「そうそう、じつは最後にひとつ、お二人に話していなかったことがあるの。今回の依頼をお願いしたのは、あなた方だけじゃなくてね。他にも二組、承諾してくれた修復士がいるわ」

晴香はケントと顔を見合わせる。

「どういうことでしょう？」

「失われた屛風の復元に関しては、あなた方の技術や感性を問うことになる。そこで比較対象があれば、より優れた一品を選ぶのに役に立つんじゃないかと思ったの。プロフェッサー・スギモト、あなたはご両親との縁もあるし、修復士としての腕も評判も信頼しているけれど、今回は公平を期すために勝負をしてちょうだい。コンペを勝ち抜けば、成功報酬を支払います」

「そんなことは聞いていませんが――」

抗議しようとする晴香に対して、ケントは狼狽《うろた》えることもなく「面白くなってきたじゃないですか」と即答した。

「駆け出しの頃を思い出しますね。手当たり次第に修復のコンペに出て、ついたあだ名は賞金稼ぎコンサバター！　こんな状況だからこそ、初心に立ち返るのもいい。必ず満足のいく出来栄えに仕上げて見せましょう」

晴香はその場で崩れ落ちそうだった。

まんまと誘導されてしまった！

ケントの母とうつった古い写真からはじまり、父に久しぶりに連絡したという打ち明け話、そしてケントの活躍ぶりを見守ってきたという甘言。どれも事実であったとしても、心理操作がうますぎる。

パトリシアは間違いなく、人を巧みに操ることに長《た》けた経営者だ。重役会議や数々の取引の場で、自分たちよりもはるかに頑固な男たちを、長きにわたって説得してきたゆえだろう。

女性として初のラスター社会長に就任したのも肯ける。

その証拠に、パトリシアはまるでケントの扱い方をはじめから熟知しているようでもあった。ケントは日ごろからブックメーカーに通いつめる天性の勝負師だ。勝負というパトリシアの言葉にも、つい反応したに違いない。

「よかった。期限は約半年間。それまでにストーク・オン・トレントに一度集まって、この作品の調査をする段取りも設けています。それじゃ、対戦相手を紹介するわね」


案内された応接室で待っていると、やがて扉が開いた。家政婦のうしろにいたのは、数名のアジア人だった。

そのうちの一人を見て、晴香は目を疑った。

白いシャツにカーディガンを羽織った眼鏡の男性は、記憶よりも年をとっているし、まさかイギリスで会うわけがないと思っていた。人違いだろうか。しかしこちらの方を向いた相手も、晴香の存在に気がついたらしい。

「野上先生？」

声をかけると、相手は「驚いた、糸川さんじゃないですか！」と目を丸くした。

その男――野上清志《きよし》は、晴香がまだ日本にいた頃に大いに世話になった人物だった。

大学の「先生」という立場にとどまらず、「恩人」といってもいい存在。進路を決めかねていた晴香を、修復という世界の入口まで案内してくれたのは、他ならぬ野上だったからだ。

「糸川さんはてっきり、大英博物館で働いていると思っていました」

「先生こそ、どうしてこんなところに」

と言いかけて、腕組みをしてとなりで仁王立ちしているケントと目が合った。ひとまず野上のことを紹介する。野上にも、これまでの経緯を簡単に説明しようとしたが、あまりにも複雑なので「詳しいことは、またお話しします」と言うに留めた。

野上は同行していた、晴香と同世代の男性を指して「こちらは今回手伝ってもらう、私の助手です」と紹介する。

「もう屏風はご覧になりましたか？」

野上に訊ねられ、ケントは肯いた。

「驚いたでしょう。私たちもまさかあんな作品がイギリスにあるなんて」

と話しかけたところで、パトリシアが真鍮《しんちゅう》製の手持ちベルを上品に鳴らして、みなの注意を集めた。

「知り合い同士がいたようで、紹介が省けて助かりました。今回、コンペに参加する修復士チームは三組。いずれにも同じ話をしてあります。参加者は東洋美術、とくに屏風にかけてはプロフェッショナルな方や、修復士として右に並ぶ者がないという実力者の方ばかりです。まずは、日本からお呼びした、ミスター・ノガミのチーム。それからロンドンを拠点にする、プロフェッサー・スギモト。そして最後の一組がこちらの、北京からお呼びしたドクター・チェンのチーム」

晴香はパトリシアの指す方を向いた。

一礼したのは、黒いフォーマルな服装に身を包んだ年若い男女だった。晴香と同年代に見えるが、修復士というよりもIT系のビジネスパーソンという雰囲気である。しかし中国での修復プロジェクトに参加したことのある晴香は、彼らが飛ぶ鳥を落とす勢いで技術の向上に努めていると聞いたことがあった。

「ドクター・チェンは、他の二組のように手仕事を専門とするわけではなく、AIを駆使した新しい技術で、失われた文化財をよみがえらせるエキスパートなの。みなさんとは違った方法で、優れた復元を見せてくれるでしょう」

するとドクター・チェン本人であろう若い男性が、完璧な英語でこう補足する。

「狩野派をはじめ、日本の絵師たちはみな、中国から伝わる漢画や書から学び、それらを模倣していました。今回の作品も、もとを正せばすべて中国が起源です。そしてわれわれはこれまで、数々の中国の名品をよみがえらせてきました。とくに列強からの侵略や、文化大革命での破壊活動によって瀕死の状態に追いこまれた、きわめて重要な作品ばかりです。それは現代のＩＴ技術だからこそ実現した、夢のプロジェクトです」

「ぜひその技術を拝見したいところですね」

ケントが興味を示すと、チェンは「ええ、喜んで」と答えた。

「みなさんの復元を楽しみにしています」

パトリシアは両手を広げ、嬉々として奇妙な決戦のはじまりを告げた。

第二章

初夏

CONSERVATOR

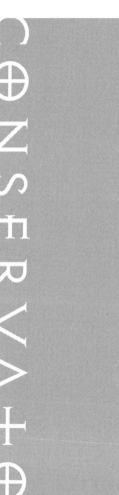

パトリシアからの親睦会を兼ねたディナーの誘いを断り、ケントと晴香はその日のうちにロンドンに戻れるように、夕刻にストーク・オン・トレント駅に到着した。駅前にあったチェーン店のパン屋〈グレッグス〉でサンドイッチとコーヒーを購入し、比較的空いた車内の座席に向かいあって腰を下ろす。

「君は食べないのか？」

コーヒーを飲みながら、晴香は「大丈夫です」と答える。

「どうした、君らしくない。いつも腹を減らしているのに」

「そんなことないですよ！　ただ、野上先生に会って動揺してるんです」

「君の恩師なんだっけ」

ケントはサンドイッチを開封しながら訊ねる。

「はい、大学生だった頃に、講師だった野上先生から、『文化は誰か一人の力で生まれるんじゃなくて、人が集まって支え合い、歯車となってひとつの時間を刻むものです』って言われたんです。『文化が衰退すると世界そのものが貧しくなるから、守らなくちゃいけない』

と。その頃、私の両親はものづくりを諦めていたので、その言葉に救われたんです」

野上との出会いは、幼い頃までさかのぼる。晴香の実家は、和紙製造所を営んでいた。その頃は、ものづくりをする作家や伝統工芸を支える職人など、さまざまな客が家にやってきていたが、そのうちの一人が野上だった。

当時はまだ年若く、表具師という家業を継いだばかりだった。襖や障子といった、和紙を使用した建具を仕立てたり、巻物や掛軸といった美術品を修復したりする野上は、晴香の父がつくる和紙を、高く評価してくれていた。

晴香の実家は、和紙製造所の経営をつづけるのが難しくなり、家業を閉じたあとは、野上と会うこともなくなった。しかしなんとか入学できた地元の大学で、講師として地元の伝統技術を教えていた野上と、晴香は偶然にも再会したのである。

——糸川さんがつくる和紙は、本当に素晴らしいものでした。

野上は、意気消沈していた両親を気にかけてくれただけでなく、晴香に誇りを失うなと教えてくれた。そして野上の授業を受けることで、修復士のあいだでは和紙が重宝されていることを知り、これが自分の極めるべき道であると心を決めたのだ。

「いいことを言う人だな」

パトリシアの前での紳士的な態度とは打って変わり、ケントはサンドイッチを口いっぱいに頰張りながら答えた。彼はいつも早食い競争でもしているみたいに食事をする。そして堅苦しいディナーよりも、こういう手軽な食事の方が好きなようだ。

「でしょ？　しかも言葉だけじゃなくて、それ以来、大学の授業の他にも、先生の現場を特別に見学させてくださったり、先生が働いている工房で見習いみたいなことをさせてもらったりして、すごくお世話になったんです。本当は卒業後も、野上先生のもとで修復士をつづけるつもりだったんですが……」

野上は寡黙な職人気質で、背中を見て学んでください、という昔ながらの指導法をとっていた。野上自身もそうやって学んできたし、修復とはそういうものなのだろう、と周囲の学生も当たり前に受け止めていた。

その点は、大学を卒業すればすぐに現場に出て、一人前として働かなければならない英国のシステムとは大きく異なる。

十年修業してやっと一人前とされる修復の世界に、晴香は戸惑いながらも、素直に従って取り組んでいた。しかし野上に、卒業後はあなたの工房で働きたいと打ち明けた際、思いがけないことを言われた。

「滅多に人にああしろこうしろと言わない野上先生から、修復は単に目の前の疵《きず》を直すことじゃありません、あなたに足りないのは広い視野を持つことですね、というような趣旨のことを言われてしまったんです」

「ははは、本当にいいことを言うね」とケントは笑った。

「こっちは考えさせられたんですけど」

「君の視野はたまにタコ壺並みに狭くなることがあるからな。俺の助手として働いているおかげで、少しマシになったとは思うけどね」

「失礼ですね！　さては、相当お腹が空いてましたね？　スギモトさんの口が悪くなるときって、決まって空腹か眠気のせいでしょ」

「よく分かってるじゃないか」

ケントはくすくすと笑った。

それにしても、ケントはパトリシアの前で、思った以上に気を張っていたようだ。晴香との約束もあって、引きうけるかどうかを注意深く見定めていたに違いない。徐々にいつもの調子が戻ってきたケントを見ていると、晴香も空腹を感じてサンドイッチに手を伸ばした。

「それで、野上さんとはどうなったんだ？」

「意外なことに、野上先生からは、学部を出たらイギリスの大学院に留学したらどうかと勧められたんです。日本美術を専門とするにしても、海外に一度行った方がいいって。奨学金の制度についても教えてくれただけでなく、付き合いがあったこっちの教授に紹介状まで書いてくださって」

「じゃあ、野上さんのおかげで修復の道に進むことができたうえに、イギリスに渡るきっかけももらったってことだな？」

「そうなんです。もともと旅好きで海外に憧れがあった背景もありますけど、先生がいなかったら、今とは全然違った人生を送っていたと思います。だから一人前になったら、恩返しするつもりでいたんですけど……」

それなのに長く音信不通にしていたうえに、思いがけずイギリスで再会するなんて気まずすぎる。晴香は無意識のうちに、サンドイッチを口いっぱいに頬張っていた。ケントのペースに流されるだけでなく、食べ方まで似てきている自分に呆れる。

「とにかく野上先生は建具の修復にかけて、右に出る者はいない権威です。少なくとも私が日本で学んでいた頃は、さまざまな屏風をその手でよみがえらせるのを、間近に見てきました。そんな表具師を相手に勝負させるなんて、パトリシアも曲者ですね」

「そんなことは最初から分かってたよ」

手のひらで転がされていたくせに、と晴香は不安をぬぐえない。

選ばれなければ、報酬はおろか時間も労力も水の泡となるのだ。

「改めて考えれば、懸念材料はライバルが強敵ということだけじゃないですよ。あの屏風を復元するには、手がかりが少なすぎませんか？　残りの部分から推測するとしても、どうやって辿《たど》ればいいんでしょう。筆致の痕跡さえないなんて」

頭を抱える晴香を遮り、ケントは余裕綽々と言う。

「慣れてるから大丈夫。俺は五歳のときから、屏風の修復を間近に見てきたんだ」

「イギリスで生まれ育ったのに？」

「ああ。物心つく頃から、父の骨董店は遊び場であり、イギリス中から骨董品が集まるポートベロー通りは庭みたいなものだった。イギリス有数の美術館や博物館で働く優秀な修復士たちが、俺にとっての家庭教師だったんだよ。学校では学べないようなことを、彼らの仕事ぶりから吸収してきた。君の言った通り、日本の修復は『背中を見て学べ』をモットーとするのは知ってる。しかし俺ほどそのモットーを体現している人物はいないと思うよ」

彼が自信家であるという事実は否めない。しかし大英博物館に収蔵された日本美術のほとんどを手がけてきたことも、晴香は知っていた。とくに屏風などの絵画類を修復できる実力が高く評価され、シニア・コンサバターの役職につく大きなきっかけになったと聞いたこともある。

「……すみません、心配しすぎましたね」

「まぁ、それは君のいいところでもある」

「よしっ、だんだん勝算が十分にある気がしてきました。やるしかありませんね」

「そうこなくっちゃな」

ケントは片目をつむって笑みを浮かべると、鞄からタブレットを出した。そこに一眼レフを使ってラスター邸で撮影した画像データを、つぎつぎに同期させる。数百枚を超える屏風の画像が、大きな画面で見られるようになった。

ケントはタブレットで一枚一枚をスクロールさせながら言う。

「まずは、今後の進め方について決めようか」

「そうですね。そもそもあの屏風は、本当に永徳の筆によるものか、安土城のために描かれたものなのか、が気になります。画面には州信の印章と署名がありましたけど、弟子筋の絵に残っている例もありますしね」

そうだな、とケントは肯く。

「筆致の癖、用いられた画材、類似作品の構図……複数の視点から判断していこう。ただし、パトリシアの要望において最重要なのは、永徳の真筆かという点じゃない。あの屏風を描いた何者かの癖を見抜くことだ。有名な絵師が描いたかどうかは、二の次というわけさ。それに……」

そこまで言うと口ごもり、ケントは頬杖をついて窓の外に視線をやった。

「なにか気になることでも？」

「個人的に、今回とても気になる点がある。いわば、あの屏風の大きな謎だな」

「謎？」

「画題だよ」

「『四季花鳥図』ってことですか」

「仮にあれが、永徳によって安土城に描かれた作品だとしても、なぜよりにもよって『四季花鳥図』が残っていたんだと思う？」

たしかに、と晴香ははじめて気がつく。

文字通り「風を屏《しりぞ》ける」ための間仕切りや目隠しとして用いられてきた屏風は、古来儀礼の場でも重宝されてきた。天皇の即位後に必ず用いられる「大嘗会《だいじょうえ》屏風」は、その典型例である。

したがって、屏風には、その場に合った画題が選ばれ、おのずと画題のランクも、明確に分けられるようになった。

たとえば、中国を舞台にした賢人や皇帝などの画題や、城郭を描いた名所図、故事にもとづいた山水画などは、より特別な場にふさわしい。逆に動植物や市井の人々を描いた風俗画は、肩ひじ張らない場で愛された。

数ある屏風の画題のなかでも、「四季花鳥図」はさして上位のランクではない。どちらかというと普段使いのモチーフだ。とくに戦国時代、自分よりも身分の高い訪問者を迎えるときに飾れば、切腹を命じられるくらい失礼に値する。

もちろん、永徳の筆と断定されている花鳥図は、ニューヨークのメトロポリタン美術館をはじめ、名だたる美術館に所蔵されるなどして現存している。しかし多くは、高名な絵師一人によってではなく、弟子筋などと共同で描かれたものだった。

風俗画の場合、そもそも落款がないことも多い。

「他でもない『四季花鳥図』がなぜ現代に残っているのかというのは、一考の価値がありそうですね。なにからとりかかります?」

「まずは、粉本《ふんぽん》をたどることだな。狩野派は、どの流派よりも粉本主義がとられた。他の作品から、十分に構図の予測はつくと思うが、それをどこまで自分たちで習得できるかにかかってくるだろう」

そう言って、ケントはタブレットの画面を閉じた。

粉本とは、古画の見取りや縮図、写生帳などである。狩野派はたくさんの粉本をデッサンの見本にして、構図や描き方を決定していた。粉本は若い絵師たちにとっての教科書であるとともに、狩野派ブランドを守る指針となった。

今では、絵画は自由に自己表現をするもの、というイメージがあるけれど、それは近代以降の考え方だ。江戸時代以前は、過去の名作に倣うことが普通だった。そのために粉本が手がかりになった。下絵を描くにあたって、最初に胡粉《ごふん》と呼ばれる顔料を用いて図柄を決めたので、この名がついたという。

狩野派の絵師たちは、作画注文があるときは粉本を手本とし、鑑定をするときは粉本を情報源とした。粉本がなんらかの事故で失われて、制作の拠《よ》り所を失い、廃業に追い込まれた絵師もいる、という逸話さえある。

昔の粉本を当たれば、ある程度の答えを導きだせるだろう。

「それから、永徳特有の荒々しい筆遣いを、彼に追随した絵師たちと同じように、自分たちのものにする必要もあるね。彼らがどんな気持ちで筆をふるい、どんな状況で作品を完成したのかを調べよう。手がかりが少ないがゆえに、地道な歴史の掘り返しこそが、正解に近づく鍵になると思う」

「道が少しずつ見えてきましたね」

同意しながら、ふとパトリシアから見せられた、ケントが両親とうつった幼少期の写真のことが頭をよぎる。パトリシアは教えてくれなかったが、もしケントの父が、あの屏風に関わっていたとすれば――。

「あの、桂二郎さんにも話を聞いてみた方がいいんじゃないでしょうか」

「話ってなんの？」

「パトリシアとの関係です。それから、ラスター家が持っている屛風について、知っていることはないか」

「どうして？」

「もうっ、とぼけないで。有益な情報が手に入るかもしれないでしょ」

「その必要はない。自力で突き止める」

ケントの意思は固いようで、晴香には取りつく島もない。

「これまで合理的に話をしていたのに、どうして桂二郎さんの話題になると、急に感情的になるんです？　効率よく仕事をする最良の方法は、感情を差しはさまないことだっていつも言ってるくせに。重要な手がかりを無駄にしているかもしれませんよ」

「君は親父に期待しすぎだ。君が『効率』という言葉を口にしたから思い出したけど、信頼できない相手と仕事をすると、その効率とやらが六割減になるという研究論文を読んだことがある。つまり、感情的になっているんじゃなくて、論理的根拠に基づいて判断しているというわけさ。おっと、そろそろロンドンに到着する。君も、降りる準備をはじめた方がいいんじゃないか」

ケントは片づけをはじめ、早々と席から立ちあがった。

ふとスマホを見ると、野上からのメールが一通届いていた。動揺しているのを悟られないようにひらくと、【今日は久しぶりに会えてよかったです。折り入って話したいことがあるので、つぎに集まったときに少し時間をもらえますか】と書かれていた。

＊

ベイカー・ストリートで調査をはじめた矢先、ヘルが訪ねてきた。

その日のヘルは、黒い革ジャンにスキニーの黒いパンツという相変わらずの服装だが、よく見るとTシャツには「共食いが好き」という英文とともに、八〇年代に流行したハリウッド映画キャラのギズモと、それから分裂して狂暴化したグレムリンが共食いしている絵がプリントされていた。とても趣味のいいファッションとは言えなかった。

ヘルは晴香が存在しないかのように、勝手に階段をのぼって工房のドアを開けた。

「ああ、来たな」

狩野派に関する膨大な資料に目を通していたケントは、ヘルとあらかじめ約束をしていたらしく、驚く様子もない。ソファのうえで靴をぬがずに三角座りするヘルに「お茶でもいかがですか」と訊ねる。

「要らない。用件が済んだら、すぐ帰る」

「せっかちだな。分かったよ、少しここで待っててくれ。このあいだ晴香とは会ったね？　戻ってくるまでのあいだ、二人で親睦でも深めるといい」

いったいどういう展開だと戸惑う晴香を置いて、本当にケントは部屋からいなくなってしまった。時計の秒針がやけにうるさい。なにか話した方がいいのだろうか。冷や汗をかきながら、晴香は声をかける。

「ハリウッド映画をよく観るんですか？」

「は？」

「その、可愛いTシャツだなと思って。ウィットに富んでいるというか」

ヘルは表情を変えることなく、無言でこちらを見つめてくる。今の発言を不愉快に感じたのかどうかも分からない。でも受け止めようによっては、おまえはバカか？と見下されているような気分にもなる。

完全に気圧《けお》された晴香は「すみません」と謝って、逃げるように席を立った。

今は作品を保管する倉庫として使っている最上階に行って、ケントに声をかける。

「いったいどういうことですか！　めちゃくちゃ気まずいんですけど」

「彼女には手伝ってもらうことにしたんだ」

「手伝うって、私たちの仕事をですか？」

「それ以外になにがあるんだよ」

軽い調子でケントが言い、晴香は眩暈《めまい》がした。

「なんのために？　勝手に決めないでくださいよ」

「パトリシアからの屏風を優先的に引きうけるとなれば、二人だけじゃ人手が足りなくなるだろ？　材料も探しにいかなきゃいけないし、そのあいだ工房の留守番を頼める相手が必要じゃないか」

「だからって、もう少し信頼できる人にした方がいいんじゃ」

「俺は彼女のことを買ってるんだ。ヘルほど腕の立つ修復士は知らないし、これまでの経歴からして、秘密は守ると保証されてる。彼女の方も刑務所を出たばかりで、仕事を探してるだろうから、これほどの適任者はいないだろ？」

ケントの言う通り、ヘルの手がけた作品のレポートは、どれも完璧だったことを晴香は思い出す。それに、以前調べたところによると、ヘルが道を踏み外した経緯には同情する点が多々あって、一概に自己責任にするのは気の毒だ。

「分かりました。でも一言、相談してくれればよかったのに」

「君の方こそ、タイミングを見て、あの野上とかいう恩師のところに戻るつもりだったんだろ？」

思いがけないことを言われて、晴香は「え？」と訊き返した。話の筋が読めない。

「自分で言っていたじゃないか。本当は、イギリスでそこそこ頑張って一人前になったら帰国して、野上に師事するつもりだって。いずれ辞めるなら、俺の方だって次なるパートナーを探しておかなくちゃな」

「そんな！　誤解してますよ。なにも今すぐここを辞めるとか、そんなつもりで言ったわけじゃないのに」

「でもいずれは日本に戻るんだろ？　それとも死ぬまでロンドンにいるのか、え？」

つい返答に詰まる。

「死ぬまでなんて言われれば、そりゃ、私にも分からないですけど」

「そうだろ？」ケントはどや顔になる。「だから手始めに、君が今取り掛かっているチッペンデールの椅子を、彼女に修復してもらう。君とも協力してほしいから、彼女の工房に椅子を運ぶのを手伝ってくれ」

「……分かりました」

晴香は納得がいかなかったが、とりあえず椅子を運び出す準備をはじめた。

チッペンデールの椅子とは、イギリスのアンティーク家具を代表する、十八世紀にトーマス・チッペンデールによってデザインされた椅子である。持ち主は、ベイカー・ストリートの近所に暮らす老婦人だった。玄関先で作品を運びこんでいるところに偶然居合わせ、二人が修復士であることを知って依頼してきたのだ。

紙物を専門とする修復士の晴香は、イギリスの学校でひと通りすべての素材の扱い方を習得していたが、まだまだ経験が浅い。

ケントの専属助手になってからは、幅広い種類の作品を扱えるように勉強中であり、ケントからの指示を仰ぎながら進めていた。しかし慣れないことも多く、ヘルに頼めるならありがたかった。

たしかヘルは幼少期から、教会で地域の人々から寄付される不用品や中古品を修理してきたはずだ。椅子などの家具は、お手のものに違いない。

イギリスでは伝統を重んじる文化が根強く、数多《あまた》のアンティーク家具が日常生活に溶けこんでいる。わけても家具最盛期に生みだされたチッペンデール様式の椅子は、軽くて丈夫なマホガニー材が使用され、どれも職人技が光っていた。

「悪くないな」

ヘルは一目見るなり、そう呟いた。

「やっぱり十八世紀当時につくられたものですか？」

「間違いない。背もたれを装飾するリボンの襞《ひだ》の彫り方、マホガニーという素材の色合い、脚先のクロウ・アンド・ボールのデザイン。どれも典型的な特徴だ。座面のところの生地の張り替えと、グラつきの修正をして、適切に直してオークションに出せば、一万ポンドは下らないだろう」

ヘルいわく、チッペンデールの椅子には、「爪と珠《クロウ・アンド・ボール》」と呼ばれる脚先がよく見られる。経験値のあるヘルは、その特徴によって、年代を特定できるという。

ヘルの話に感心した晴香は、声を弾ませる。

「持ち主に伝えたら喜びます。祖父母の代から大切にしているそうなので」

修復を終えて頑丈さを取り戻したら、近々誕生予定だという孫に贈りたいのだ、と話していた老婦人の顔を思い浮かべながら、晴香はしみじみと言った。

こうした充実感は、大英博物館に勤めていた頃には味わえなかった類《たぐい》のものだった。博物館の収蔵庫でずっと眠っているコレクションを修復するのと、今も誰かが日々愛用しているものを修復するのとでは、目的も取り組み方もまったく違った。どちらもやりがいはあるが、晴香の性格には、後者の方が合っている気がしていた。

博物館のコンサバターだった頃は、不特定多数の来館者に向けて修復を行なっていた。そのせいか、自らの知的好奇心を満たせても、実際に顔を知っている人の力になれる仕事に比べると、どこか味気なくもあった。それに館内では、つねに誰かの思惑が働き、出世をもくろむ職員たちがギラギラと目を光らせていたが、独立してからはそういった人間関係に気を揉む必要もなくなった。

そういう意味でも、晴香はケントに感謝していた。なんやかんやで今の状態に満足しており、今日本に帰れば、後悔するのは目に見えている。そのことをケントにも伝えるつもりだったが、ストーク・オン・トレントからの帰り道に野上の話をして以来、彼の態度がどこかよそよそしく、機会を逃しつづけていた。

ヘルが運転してきたミニバンに椅子をのせたあと、晴香は助手席に乗りこんだ。ハンドルを握るヘルは、ほとんど無言だった。工房でチッペンデールの椅子について話していたときは饒舌《じょうぜつ》だったのに、と拍子抜けする。

ミニバンは、ロンドン東部のテムズ川沿いの倉庫街に入った。再開発が進んでいるとはいえ、道行く人々は多国籍で、アフリカや中東からの移民が多く暮らしていると以前知人から聞いたことを思い出す。今にも崩れそうな古い建物には、色鮮やかなグラフィティ・アートが目立った。

「以前から、この辺りに住んでるんですか」

晴香の問いに、ヘルは答えない。

ひょっとして私のことを嫌っているのだろうか。そんな頼りない考えが頭をよぎるが、彼女に嫌われるようなことをした憶えはないし、彼女にとって自分はなにかしらの感情を抱くほどの存在でもないだろう。

街並みを眺めながら、晴香は徐々に、ヘルがどんな場所に暮らし、仕事をしてきたのだろうかという興味を抱いた。ロンドンで自分の腕ひとつで渡り歩いてきた修復士とあって、想像が膨らむ。しかし実際にヘルがミニバンを停車させたのは、廃墟にも見える古い煉瓦造りの小さな建物だった。

「ここ?」

周囲の再開発から取り残されながら、意固地になって存在しつづけているようなボロボロの外観だった。地形的に谷間にあるので、日当たりも悪くて簡単にカビだらけになりそうだ。

晴香の驚きを無視して、ヘルは指示をする。

「三階に運んでくれ」

開け放たれたドアの向こうには螺旋《らせん》階段があり、どうやら別の階には、他の住民が暮らしているらしい。

「エレベーターは？」

「あるように見えるか？」

「で、ですよね……」

ベイカー・ストリートのフラットにもエレベーターの類はないが、いつもケントと二人で協力するか、業者に頼んで運び入れてもらっている。

「私の腕は、細かい作業には向いていても、力仕事には対応しなくてね」

ヘルから義手を見せられ、晴香はふたたび「ですよね」と遠い目で肯く。

「入口には罠があるから気をつけろ」

「えっ、罠？」

「ついでにこの辺りの荷物も、上に運んでくれ」

閃《ひらめ》いたように、つぎつぎと指示を重ねるヘルに、もはや素直に従うしか選択肢はなさそうだった。たしかに罠らしき紐を足で引っかけないよう気をつける。晴香は大量の汗をかき、ぜぇぜぇと息を切らしながら四、五往復してすべての荷物を運び入れた。さすがのヘルも「案外、力があるんだな」と、おそらく彼女なりのねぎらいの言葉をかけてくれた。

招き入れられた三階は、またしても晴香を驚かせた。廊下からキッチンまで場所を奪い合うようにしてさまざまなもの――作品らしき箱もあれば、謎の道具や置物もある――でごった返している。もはやその部屋が、居間なのか寝室なのか、本来の用途が分からない有様だった。

「掃除はあまりお得意ではなさそうですね」

「そっちの作業部屋に運んで」

晴香のコメントを無視して、ヘルはぶっきらぼうに奥の部屋へ顎をしゃくった。そこはヘルの寝室でもあるらしく、ベッドが置かれているものの、寝返りを打つスペースもないほどに作品や道具が積みあがっていた。

ヘルの言う「作業部屋」に椅子を運んでから廊下をのぞくと、扉を固く閉ざしていた別の部屋に、ヘルが入っていくのが見えた。その隙間から、寝たきりの高齢女性の姿を認めた晴香は、見てはいけないものを見てしまった気がして、反射的に目を逸らす。

漏れ聞こえてくる会話からして、どうやらその高齢女性は、ヘルの母親らしかった。晴香は咄嗟に、祖父母の介護に追われていた両親のことを思い出した。こんなに劣悪な環境の小さな部屋で、母親を世話して暮らしていたとは。

――もう少し信頼できる人にした方がいい。

彼女をよく知らずにそう発言したことを、晴香はひそかに反省した。

「頼みたいことは以上だ。作業が終わったら連絡する」

声をかけられ、晴香は廊下に出る。

別れの挨拶もなく、ドアを開けたヘルに言う。

「以前にあなたのコンディション・レポートを読みました。どれも完成度が高くて、正直言って悔しいくらい勉強になりました。スギモトさんがあんなに同業者を褒めるところも、はじめて見ました。私は修復士としてまだ経験が浅いので、あなたの仕事を近くで見られることを楽しみにしています」

ヘルは数秒こちらを見つめたあと、そっけなく答える。

「褒める？　あの男は私に、何十ページっていう契約書を渡してきたけどな。守秘義務から修復方針への同意まで、ずいぶんと細かく書いてあった。高く評価している相手に、そんなものを普通送らないと思うが？」

「知らなかった」と呟きながら、自分はケントからそこまでされなかったので、少しは信用してもらっているのかもしれない、と内心嬉しくなった。

「まぁ、おかげで病的なまでに用心深い男だと分かったよ。あんなのと一緒にやっているおまえは、さぞかし物好きだな」

「お褒めに与り光栄です。私も試用期間だとテストされたり、助手になってしばらく経っても、肝心なことを秘密にされたりしてます。でも性格というか、本人も悪気はなくて、無意識なんでしょうね。だから大目に見てます」

苦笑する晴香から目を逸らして、ヘルは訊ねる。

「おまえはあいつと組むために、いろんなものを捨てたんだってな？　相当な努力をして日本から来て、学位もとって順調にキャリアを積んできたのに、大英博物館の職も自ら手放した。どうしてそこまでしたんだ？」

ケントはそんな話もしたのか。いったい自分はケントに、どう見られているのだろうと思いながら、晴香は表情を和らげる。

「捨てたんじゃないです。新しいものを得るために、スギモトさんと組むことにしたんです。私自身は、単なる助手じゃなくて、パートナーだと思ってます。それで、あなたは？　今回私たちを手伝うことにしたのは、どうして？」

ヘルは少し考えるように顔を伏せたあと、はじめて笑みを見せた。

「あいつには借りがあるから、それを返そうと思っていた。誰かに借りをつくったままでいるのは主義じゃないから。でも根本的にはおまえと同じだ。得たいものがあるから、あいつと組むことにした」

そこまで言うと、奥から女性の声がしてヘルはドアを閉めた。

数日後、ヘルから家に来るようにと連絡があり、晴香は一人で向かった。

出迎えてくれたヘルは、今度はＥ・Ｔのイラストの下に「あなたもエイリアン？」という質問が英語で記されたＴシャツを着ていた。前回のグレムリンに比べれば、いくぶん刺激は弱めではあるが、独自の趣味には違いなかった。

「やっぱりハリウッド映画がお好きなのでは」

「くだらない」

ヘルからはそっけなく返されたが、晴香からすればツッコんでほしくて着ているようにしか見えない。気を取り直してチッペンデールの椅子を確認すると、ほぼ完璧な状態に仕上がっていた。

「すごい！　どうやってこんなに速く？　しかもすごく丁寧じゃないですか」

手際のよさと高い技術に感心していると、ヘルはぼそりと答える。

「何年も浪費したからな」

刑務所にいた時間を指しているのだ。

ヘルは晴香にはまだ知りえない、なんらかの哲学があって修復をつづけているのだと実感した。だからこそ高い技術があり、常人ではできないような仕事を簡単にやってのけられるのだろう。

「最後の仕上げが残っているから、少し待っててくれ」

作業に戻ったヘルは、普段用のゴムでできた装飾義手をテーブルに置くと、おそらく仕事用に使っているのだろう、金属製の筋電義手《バイオニック・ハンド》を取りだした。それは以前、晴香が見たものと同じく、明らかに高性能だった。

手の骨格を模した銀色のパーツが、球体の関節で束ねられているので、関節が自在に曲がるようになっている。ヘルはなんの違和感もなく、生まれつきの腕と同様にその義手を操りはじめた。

「あの」と晴香は、その背中に呼びかける。「なにか手伝わせてください。たとえば、掃除とか、せめてものお礼に。家具の修理はあなたほどうまくないけど、掃除なら役に立てると思うから」

ヘルは無言でこちらを見返す。表情がほとんど変わらないので、気分を害したのかどうかも分からない。余計なことを提案してしまったかな、とフォローを考えていると、ヘルは顔を逸らして「好きにすれば」と言った。

晴香はイギリスに来て十年近くになるが、そのほとんどを共同生活で過ごしてきたために、他人が使っている空間を掃除するのは得意だった。棚から溢れたものを、なるべく場所を大きく変えないように整理する。ものがなくなったスペースの埃《ほこり》や汚れを落とすと、今度は水回りをピカピカにした。

　掃除をしながら、ケントのフラットに来たばかりの頃を思い出す。晴香が入居した頃、ケントは一切自炊をしている形跡がなく、部屋もクリーニングを定期的に入れていたとはいえ、今よりも雑然としていた。

「あの子は？」

　廊下で掃除機をかけたあと、とつぜん声をかけられて、晴香はわれに返った。

　かすかに開いたドアの向こうから、ベッドに横たわるヘルの母がこちらを見ていた。

「すみません、うるさくしてしまって。今、仕事してます」

　母はその返答には反応せず、質問を重ねる。

「あんたは？」

「……仕事仲間です」

「友だちってことかい」

　晴香はためらいながらも、肯いた。

「珍しい」と言って、母親は寝返りを打った。そして小さな声で「娘は人の助けを受け入れられない子だからね。憐れまれるのがなによりも嫌いなんだ」と独り言のように呟いた。そしてドアを閉めるように言われ、晴香はその通りにした。

仕上げを終えたチッペンデールの椅子は、美しく生まれ変わり、美物館に展示してある状態のいい作品と、ほとんど遜色がない。骨董品独自の味わいを残しつつ、この先何十年と腰を下ろしても壊れなさそうな頑丈さも備えていた。地上階に運び下ろしてミニバンに積んだあと、晴香は礼を伝えた。

「仕事だ」

ぶっきらぼうに答えると、ヘルは車に乗りこみエンジンをかけた。信号待ちのタイミングで「さっき母から話しかけられた？」と訊ねる。

「友だちかって。そうだと答えておきました」

ヘルは目を見開いたが、表情を変えずに運転をつづけた。ベイカー・ストリートに着いて荷物を下ろすと、晴香に向き直って淡々と告げた。

「私はおまえの『友だち』ではないし、自分以外の誰のことも信用しない。それは私の主義だ。今回おまえたちに仕事を持ってきた目的は、ひとつしかない。おまえのパートナーに約束を果たさせるためだ。私の腕を奪った相手を見つけること——それが私の唯一の目的であって、友だちごっこをするつもりはない」

ヘルはそこまで一息に言い終えると、「また連絡する」と運転席に乗りこんだ。晴香はしばらくその場に立ったまま、ミニバンが通りの向こうに消えるまで見送った。

＊

夏休暇を間近に控えたロンドンでは、路地裏や小さな公園など、至るところでマーケットが開設され、毎日がお祭りのような賑やかさになる。ランニングを日課とする晴香にとっては、一年でもっとも気持ちのよい季節だった。走り終えてフラットに戻ると、ちょうどケントが数日間のイタリア出張から帰ってきていた。

「ちょうどいい。荷物を持って上がるのを手伝ってくれ」

人使いが荒いのはヘルと同じだなと思いながら、晴香はスーツケースを持ちあげる。

「ヴェネツィアはどうでした？」

「暑すぎだ。虫も多いし。それに、訪れるたびに思うんだが、いちいち船に乗って移動しなきゃならないのが難儀すぎる。並外れた感覚を持つ天才っていうのは、往々にして繊細なんだよ。虫刺されや乗り物酔いなんかに、過剰なストレスを受けるものさ。つぎからは君に行ってもらおう」

不遜な口ぶりから「でも仕事はうまくいったみたいですね？」と推察する。

「ああ、完璧にこなしたよ」

「これで屏風の案件に集中できますね」

「そういえば、君はヘルと親睦を深められたか？」

チッペンデールの椅子をめぐるやりとりについて、ケントにかいつまんで説明した。作品の修復にかけては文句なしだったが、彼女とはまだ溝があり、良好な協力関係に至るまでには時間がかかりそうだ、と。

「生まれたときから、ずっと一匹狼だったんだろうから当然だよ。それに彼女は修復士として目の前の作品をただ実直に救いだしてきただけで、理不尽に腕を奪われた。簡単に人を信頼するわけじゃないだろう。それでも椅子の出来栄えはすばらしいんだから、今回のところは十分だよ」

ケントが荷ほどきをしているあいだに、晴香はテーブルにこれまで準備していた資料を並べる。彼が出張から戻ったら、本格的に狩野派の屏風に関する調査をスタートさせる予定だった。まずは、永徳が生涯で手がけたとされる絵画すべてをプリントアウトし、表にまとめた。

そこで調べたことを、ケントに報告する。

「狩野派って、屏風を語るうえでは外せない名前だからこそ知っているつもりでいましたけど、改めて調べると作品が多すぎますね」

たとえば、大英博物館にもたくさんの狩野派コレクションがあるし、屛風や襖のオークションが開催されれば、「狩野」の名は必ず見かける。

室町時代から近代まで、類を見ないほど長くつづいた絵師集団であるゆえに、狩野姓を持った者による作品は星の数ほどある。どの時代に、誰に師事した人物なのかを、頭に叩きこむだけでも大変だった。

「たしかに君の言う通り、永徳の作品も『狩野』を名乗る絵師も多すぎて、分かっていないことだらけだ。でも絵描きについて知りたければ、残された作品をよく見ることが近道だというのは、どんなときも基本中の基本だよ」

ケントが目の前の資料から取りあげたのは、「唐獅子図屛風」だった。

「作品をよく見る……ですか」

晴香は呟いて、改めて「唐獅子図」を眺める。

二メートルを超える、破格の大きさの六曲一隻の屛風だ。描かれた当初はもっと大きかったとも言われる。

大画面いっぱいに描かれた二頭の巨大な獅子も、また大迫力だ。金雲に見え隠れする岩場を闊歩する。風になびく尻尾やたてがみ、ぎょろりとした目、鋭い牙のどれもが、百獣の王としての威厳を備えている。

「じつは以前、日本でこの屛風を見たというイギリス人のコレクターに、この二頭は夫婦なのかと訊かれたことがあってね。そのときに、この二頭の関係性こそが狩野派を象徴すると気がついたんだ」

「どういうことです？」

何度も目にしたことのある名画だが、二頭の関係性なんて考えたこともなかった。

青みがかった獅子と、赤っぽい色の獅子がいるので、単純に「男女」と捉えたくなる気持ちは分かる。しかしそれを答えていては、ケントからいつもの調子で「やっぱり君の頭は鏗節並みに固いな」とか「よく観察もしないうちから答えを出すなんて君の目はなんのためにある」とか呆れられそうだ。ケントと組んでしばらく経つ者としては、日頃の成果を見せつけてやりたい。

「そうですね……大きさも立ち姿もほぼ同じですが、毛色の他にも、たてがみの描かれ方がちょっと違いますね。青い獅子の方が巻き毛になっている数が多くてボリュームがあるのに対して、赤い獅子は短いというか――」

そこまで話して、はたと初歩的な事実に気がつく。

「たてがみがあるということは、両者ともにオスですね！　これで、夫婦だという説は否定できます」

「少しは観察眼がついてきたじゃないか」とケントはにやりと笑った。「オス同士だとすると、友人やライバル、兄弟や父子といった関係性が考えられるが、さっき君が気づいたように、たてがみに注目すると成熟度に差があると分かる。しかも両者よく似たように表現されているうえに、争っている様子はなく、むしろ青い獅子はわざわざふり返って、赤い獅子の様子を見守っている」

「つまり、兄弟か父子ってことですね？」

「そういうことだな」

今の話を前提にして改めて見ると、赤い獅子は、初々しさを残しながらも、王者の片りんを発揮しつつある。一方、青い獅子には老成した帝王の風格があり、立派に成長したもう一頭の姿を喜ぶように、慈愛に満ちた眼差しを注いでいた。

「なるほど！　その視点を持てば、『唐獅子図屛風』は当時の画壇の覇者だった狩野派を象徴する、という意味が分かります」

「狩野派はこの獅子たちのように、父子や兄弟のあいだで画業というバトンを渡して、何百年も繁栄したんだ」

その話を聞きながら、ふと桂二郎のことを思い出す。

スギモト親子の関係性を改めて考え直すには、狩野派の作品は最適なきっかけであるようにも思えた。

「余談だが、この絵は秀吉の注文で聚楽第や城郭を装飾するために描かれたとも言われている。もし本当にこの獅子が親子なら、この屏風を目にしたときの秀吉の思いは、かなり複雑なものだっただろうな」

「どうして」と言いかけて、晴香ははっと顔を上げる。「豊臣政権は後継者に恵まれなくて、結局、崩壊の道を辿ったわけですもんね」

「痛切だろ？」

晴香は肯きながら、果たして永徳自身は、どんな想いでこの屏風を描いたのだろうと想像する。信長に見初められて、彼の専属絵師として絵を描くようになったが、信長の死後は秀吉のために筆をふるった。しかし内心、秀吉に対して、純粋な忠誠心以外の感情を抱いていたのではないか。

「もちろん、永徳はこの二頭が父子だとは明言しなかったのかもしれないし、秀吉も気がつかなかった可能性は高い。なんせ歴史学的に、秀吉には美術品に対して見る目がなかったという説が有力だからね」

「もし永徳が、この二頭の獅子を雄雌に見せかけて、秀吉がもっとも指摘されたくない、うちに秘めた悲しみの象徴として描いていたとすれば、権力争いがどう転ぼうとも、狩野家だけは生き残りつづけるという決意表明ともとれますね」

「その通り。じゃ、つぎの一枚は——」

と言って、ケントは別の絵を目の前に取りだした。

「これこれ、晩年に描いた『檜図屏風《ひのきず》』だ」

四十八歳という若さで永徳が亡くなった、天正十八年、つまり一五九〇年に描かれた作品である。

さきほどの「唐獅子図屏風」に比べれば、なんとも奇怪な絵だった。

平板な枠組みのなかにたたずむ巨大な檜が、横長の画面を埋め尽くすように、縦横無尽に荒っぽく枝をふり回している。幹や岩のごつごつした肌感などは、ガサガサした硬い藁筆《わらふで》に墨をつけて、殴り描いているみたいだ。

しかも全体的に暗い彩色のせいで、金碧画《きんぺきが》のはずなのに、陰鬱で重苦しいムードが漂っている。唐獅子の堂々とした生命力に比べれば、この檜は自身のドロドロした闇を表出させているように見えた。

「『檜図屏風』を描いた頃の永徳は、秀吉からの寺や御殿の障壁画制作に加えて、いくつかのプロジェクトを同時進行させていた。数え切れない絵を、夜も昼もさかいなく描くだけじやなく、あちこちに呼びだされて営業もさかんに行なっていたんだ。『どうか注文を待ってほしい』というノイローゼ気味の手紙も残っている」

「たしかにこの老いさらばえた檜を見ていたら、今にも悲鳴が聞こえてきそうですね。荒々しくなった筆致も、意図的に工夫して生みだされた様式というよりも、一秒でも早く絵を仕上げるために考案された、苦肉の策に見えてきました。ブラックな注文主に悩まされる業者の心境というか」

ケントは肯き、紅茶を一口飲んだ。

「戦国時代の武将とともに生き急いだあげく、その終焉《しゅうえん》とともに燃え尽きてしまったのが永徳という絵師なんだよ。一枚一枚が命がけの画業だったうえに、描いた端から戦火で燃えていった」

「そりゃ、ノイローゼにもなりますね」

屏風を見ていた晴香は、ふと檜の枝ぶりが、パネルの境目でうまく嚙み合っていないことに気がついた。

さらに注意深く観察すると、襖用の引き手がついていた形跡がいくつか残っている。もとはさらに壮大な構図だった襖絵を、後世の人々の手によって、コンパクトな屏風として仕立て直された証拠だった。

『唐獅子図』と同じで、『檜図』も障子から屏風に？」

「そうなんだ。パトリシアから見せられた『四季花鳥図』にしても、引き手のような痕跡があった。これから詳しく調査するとしても、もとは襖絵だったに違いない。もしかすると部分的に切断された可能性もある」

「それを突き止めるところに、復元のヒントがありそうですね。誰がどうして設《しつら》えをし直したのか。それに今回は、あの屏風絵が本当に安土城にあったものなのかを裏付ける証拠も見つけないと」

「検討材料はある」

とケントは余裕たっぷりに答える。

「じつはイタリア出張には、別の目的があってね。向こうの東洋美術館で、狩野派を専門としているキュレーターと付き合いがあって、例の屏風について言及しているかもしれない記録を借りてきたんだ。その研究者はもう亡くなっているが、自ら日本画家でもあって、絵師の視点から、狩野山楽《さんらく》について克明な伝記を書きのこしている」

「山楽って、たしか永徳の気迫を継ぐ大番頭として、養子として狩野家に入った京狩野派の絵師でしたっけ？」

京狩野とは、徳川幕府の御用絵師だった江戸狩野の、いわば分家である。狩野派は京都の地ではじまったが、豊臣家が滅亡すると、その中枢は江戸にうつる。そんななかで置き去りにされたのが山楽であり、これが京狩野のはじまりになった。

「山楽は永徳と血のつながりはなかったが、正式な継承者とも言われる。しかも知人のキュレーターいわく、パトリシアの屏風が、記録内で言及されている屏風と一致する場合、それを受け継いで、長いあいだ保管していたのは、京狩野派の絵師だったらしい。となると永徳が描いたものを、なんらかの事情で、山楽が引き継いだと考えていいだろう」

「まずは、内容を確かめてみましょう」

山楽の伝記は、こんな内容だった。

＊

狩野山楽は永禄二年（一五五九年）、近江国の武士の息子として生まれた。

幼い頃から画《え》が好きで、それは父の影響だった。父は狩野家が素人向けに営む画塾に通って、画を嗜《たしな》んでいたのである。父子は身体を鍛えて剣術を習うのと同じように、ともに描いては楽しんでいた。

だから山楽の画才は、のびのびと自由に育った。暇さえあれば、木の枝で地面に落書きをするような子どもだった。また体格がよく、滅多に風邪をひかない丈夫な子だったので、豊臣秀吉に小姓として仕え、将来を有望視されていた。

山楽に転機が訪れたのは、十六歳の夏である。

琵琶湖の北東部に位置する長浜——当時は「今浜」という名だったが、信長の名前をとって「長浜」に改められた——に城を建てるという仕事を、秀吉が担当したのである。秀吉の側近として、山楽はその視察に同行した。

城の敷地からは、夏の光にきらめく湖を一望できた。気持ちのいい風が吹いて、これ以上ない視察日和だった。進行状況を職人とともに点検しにいった秀吉から、馬の世話を任された山楽は、しばらく敷地の外で待っていた。

山楽の手は、つい落ちていた枝に伸びる。

長浜城が建てられる土地は、以前、父が昔仕えた浅井《あざい》家が所有していた。しかし浅井家の当主は、信長との戦いに敗れて自害。本来ならば、下級武士である父や自分も、ともに死んでいておかしくなかった。

山楽は今自分がここにいられる幸運を、改めて秀吉に感謝した。

気がつくと、戦で目にした死にゆく者たちが、つぎつぎに地面に現れていた。今も脳裏から消えない残酷な光景だ。しかしそれを誰かに見られれば咎《とが》められる。慌ててわらじの裏で死体の姿を消し、代わりに馬を描きはじめた。

秀吉の馬は、これまで見たことのないほど大きくて立派だった。気がつくと夢中で、足や横顔を観察しては描きうつしていた。とつぜん地面に影ができて顔を上げると、秀吉が傍らに立っていた。

「申し訳ございません！」

側近といっても、山楽は秀吉の人柄をさほど知っているわけでもなければ、口もほとんどきいたことはない。農民という低い身分から、数々の戦でのしあがってきた強者《つわもの》である秀吉は、さぞかし残酷な人物だろうと想像していた。絶対に失礼のないようにと父からも言いつけられている。

どんなお叱りを受けるかと怯《おび》えていると、落書きをまじまじと見つめていた秀吉は、思いがけず「面白いではないか」と愉快そうに笑った。

「この馬は、私の自慢でな」

拍子抜けしながらも、山楽は機転を利かせてこう答える。

「ええ、描きうつさずにはいられないほど、立派な馬だったもので！」

萎縮している山楽の肩を叩いて、秀吉は「画を描くのが好きなのか？」と訊ねた。「好きです」と正直に答えると、馬の番は明日からもうしなくていいので、京都の、とある屋敷を訪ねるように指示された。

「いずれ私の城にも筆をふるってほしい、天才的な画人《がじん》がいるのだよ。今からそいつに恩を売っておくのも悪くない。なんなら、お主に本当に画才があったなら、私の城を飾ってもらおうではないか」と秀吉は満足げに言った。


洛中のような都会に、山楽は数えるほどしか訪れたことがなかった。いつも華やかな祝祭情調に包まれた京は、山楽にとって楽園のような場所だった。いつ行ってもなにかしらの行事で賑わい、珍しいものが集まってくる洛中のなかでも、大工や職人たちが集う区域に目的地はあった。

立派な門構えの屋敷である。くぐり戸を叩いて呼びだした使用人に来意を告げると、しばらく門前で待たされた。やがて山楽の父ほどの年齢の白髪交じりの男が現れて、「秀吉さまから紹介を受けた入門希望者だって？」と訊ねた。山楽はわけも分からずに肯いた。

「こちらに来るように」

道場のように広い部屋で、人々が画筆《がひつ》をふるっていた。しかも完全に分業制が敷かれており、画材を準備したり墨を磨《す》ったりする部屋もあれば、紙の形を整えて下地を塗る部屋もあった。屏風や襖だけでなく、扇や絵馬といった商品も生産しているようだ。てきぱきと指示を出す者もいれば、黙々と同じ作業ばかりつづける者もあって、優れた画を生みだすための工場さながらだった。

何人がここで働いているのだろう——。

感心していると、白髪交じりの男は渡り廊下の先へと進んでいく。騒がしい広間とは対照的に、中庭をはさんで奥にあった離れは、しんと静まり返っていた。障子で閉ざされた奥の部屋の前でしゃがみ込み、彼はなかにいる誰かに声をかけた。

「例の入門希望者です」

「入れ」

壁一面に張った白い紙に向かっていた一人の人物が、こちらをふり返った。さぞかし身分の高い、長老のような人が待っているのかと思っていたが、そこにいたのは山楽よりも一回りほど年上なだけの、見惚《みと》れるような背の高い美男子だった。

「今朝お話しした、秀吉さまご推薦の浅井長政元家臣の子息です」

「はじめまして」

畳に手をつく山楽に、頭を上げるようにと美男子は言った。

「私は永徳。狩野家の当代家督だ」

この人こそ、秀吉の言っていた天才的な画人に違いなかった。名だたる寺院や大名がこぞって永徳様式の大画欲しがるために、一国を亡《ほろ》ぼすこともあれば、ひとつの戦を鎮めるほどの威力もあるのだとか。そんな日本一の画人が、年若く線の細い美男だったとは。

「画が得意か？」

「はい。秀吉さまからお褒めの言葉をいただきました」

「悪いが、帰ってくれ」

美しき画人は、表情を変えずに冷たい声で言った。

「え？」

「秀吉さまの口利きである以上、門前払いするわけにもいかなかったが、入門希望者はあとを絶たない。わざわざ来てもらってご苦労だった」

「お待ちください！　あなたのお名前は、父からよく聞かされていました！　あなたの描く獅子は本物さながらに迫力があり、あなたの描く花を置けば部屋に香りが満ちていくほどである、と。死ぬまでに一度でいいから、お目にかかりたいと夢に見たほどです。受けいれていただければ、なんでもします！　掃除、洗濯、炊事、雑用……どうぞご自由に使ってください」

山楽が頭を下げると、しばらく永徳は黙って山楽のことを見ていた。

「おまえは武士の息子なのだとか？　これまで武将の子息を引きとってくれ、と何人もがうちにやってきた。関係柄、断れずに引きうけたものの、使いものになった試しはなかった。おまえが特別だということを、どうやって証明する？」

恐る恐る山楽は手を挙げた。

「それでは、一度でいいので私の描いたものを見てください」

やや間があったあと「持ってきたのか」と永徳が訊ねた。しまった、そんなものは準備していない。慌てて山楽は、今ここですぐに描いてみせると答えた。そんな暇はないから早く諦めて帰るように、と山楽を追いだそうとする白髪交じりの男を制して、永徳は「その度胸は気に入った。描いてみなさい」と答えた。

準備された白い紙を前にすると、秀吉から褒められた馬が頭に浮かんだ。でもこの工房では、馬を上手に描く者ばかりだろう。大勢が描き尽くしてきた画題で勝負するよりも、誰も描いたことのないものに挑戦した方が、技術の不足を補えるのでは——。

心が決まると、山楽は戦の様子を描きはじめた。

まぶたの裏に焼きついていた光景なので、すらすらと筆が動いた。人があっけなく死んでいくこの世は、悲しみや恨みで溢れている。武士として生まれた以上、父や自分が生きながらえているのは偶然であり、いずれ戦いに散る運命にある。そんな想いで描きあげた絵を一瞥したあと、永徳は呟いた。

「下手だな」

山楽は項垂《うなだ》れ、諦めるしかないと腹をくくった。まさか狩野家の一員になれるわけがないのである。大好きな絵を描いて一生を暮らせるなど、夢のまた夢だ。戦うためだけに生まれた自分は、多くを望んではならない。

しかし永徳は、問いを重ねた。

「年齢は？」

「今年、十六歳になりました」

ややあって「ちょうどいい」と言われ、山楽は顔を上げた。狩野家では、言葉を憶える前から画筆を持たせると聞いていた。遅すぎると言われるに違いないと覚悟していたところなのに、意外にも前向きな返答だった。

「素質はある。死ぬ気でやれば、それなりに形になるかもしれない」

「本当ですか！」

「ただし、もう二度と死人など描いてはならない。屏風や襖を求める方々は、死に呪われた浮世よりも、金箔にきらめく極楽浄土を見たがる。このような現実を描いた画は、決して人気は出ないだろう。肝に銘じろ。今度、武士としての出自を生かすなら、武家に伝わる伝統風俗などを描くといい」

「仰せの通りに」

のちに山楽が、武家風俗画ともいえる新しい分野を切り拓くことになるとは、永徳はもちろん本人も思いもしなかっただろう。

即座に肯いた山楽を無視して、白髪交じりの付き人が永徳に訊ねる。

「永徳さま、まさか入門を許すのですか」

「ああ。聞こえなかったのか？」

「しかし最近では、入門者と見せかけて、うちの技術を盗んでいく輩《やから》が多くおります。こやつがそうではないという確証はありません。狩野家の門を、おいそれとくぐってもらうわけにはいかないのでは？」

付き人に訊ねられ、永徳は山楽の方を見据えた。

「おまえは狩野派の技術を盗みにきたのか？」

「ち、違います！　断じてありません！　私は、なによりも忠義を重んじる、武家生まれの男です。一度受けた恩は、生涯心に刻んで忘れません」

その返答に満足するように、画人はにやりとほほ笑んだ。不敵な笑みだった。並外れた空気感に、いつのまにか山楽は魅了されていた。この天才のためになら、一生を捧げてもいいと心に誓った。

狩野家の工房では、狩野家の血を引く者の他に、門人が数十名いた。十歳にも満たない少年から、腰の曲がった老人まで年齢層はさまざまだが、いずれの者も永徳を中心にして動いていた。永徳の父である松栄《しょうえい》も、まだ五十代と現役でありながら、家督を早くに長男にゆずり、もっぱら補佐に徹している。

永徳はたいてい全国に出張して筆をふるうか、納品や注文の打ち合わせに赴くかして、工房には不在がちだった。とはいえ、工房には永徳が考案した画図が山ほどあり、弟子たちが仕上げを除くほとんどの制作を肩代わりしていた。

――どうせおまえも、ひと月と経たず辞めるだろう。

入門を許可されたとき、屋敷に案内してくれた付き人――名を玄也といった――から馬鹿にするように言われた。山楽は、画筆を握れるだけで幸せなのだから、なにがあっても耐えてやる、絶対に弱音も吐くものかと心に決めた。

しかし現実は、想像をはるかに超えて厳しかった。

狩野家での一日は、家事、上級絵師から言いつけられる雑用、寺社でのお勤めといった体力仕事にはじまった。そして教養のなかった山楽の場合、読み書き、漢詩や古典の勉強といった座学で、ほぼ一日が費やされた。城郭などの大きな仕事が舞いこむと、視察や儀式の準備でさらに多忙をきわめた。

しかも山楽は門人のうち、もっとも下っ端の仕事を不当に多く押しつけられた。京都出身ではないうえに、武家生まれという異色の経歴だったからだ。当初は、他の門人たちに無視を決めこまれ、たびたび嫌がらせを受けたほどだ。

いつになれば、画筆を持たせてもらえるのだろう？

このままでは一生、雑用で終わってしまう。

そんな不満を抱いていたら、他の下っ端たちは夜間に月明りのもと、粉本の描きうつしに励んでいることに気がついた。自らの画技を磨くには、他人が休んでいるあいだに努力しなければならないのだった。

事実、画筆を握ることも許されず、下働きだけで終わる門人も多かった。たとえば、玄也も永徳の父、松栄の代から四十年以上籍を置いていたが、玄也の名で仕上げられた画は一枚もないようだった。いずれにしても階級の上位にいる絵師の手伝いをしたにすぎないが、玄也は永徳の世話役という立場に誇りを持っていた。

しかし山楽は、狩野家の一員になっただけでは、決して満足しなかった。

いずれ憧れの永徳のような偉大な画人になりたい。

そして恩人である秀吉の建てた城で、天下一の画業を残したい。

山楽はひそかに真の目標を掲げると、腹をくくった。眠る間を惜しんで、先代たちの粉本や漢画から学び、永徳の筆をひたすらに模写した。その鬼気迫る姿を見て、誰も山楽を見下さなくなった。

そんな山楽にとって、他の門人はほとんど眼中になかったが、一人だけどうしても気に障る存在がいた。

工房内で唯一、つらい体力仕事を免除された、狩野家の血を引く者——永徳の長男、光信《みつのぶ》右京《うきょう》だった。

山楽よりも六歳年下で、出会ったときは十歳。ほぼ最年少にもかかわらず、昼間から悠々と筆をとっていた。また永徳にほとんど似ず、平凡な顔立ちで小柄。甘やかされて育ったせいか、多少の肥満体でもあった。

「お兄さまは、すごくお上手ですね」

光信から話しかけられたのは、入門後一ヶ月ほど経った頃だ。

光信はおっとりして大人しい性格だった。それを反映してか、光信の表現する画は、さすがに幼少から英才教育を受けてきただけあって技術こそ高かったが、弱々しく縮こまっているように見えた。

「あなたはもう少し、のびのびと描いた方がいいのではないでしょうか」

嫌味のつもりで言ったのに、光信はにっこりとほほ笑んだ。

「ありがとうございます」

光信と話していると、なぜか調子が狂った。

狩野家には、永徳の幼少期の筆を知っている門人が多くいる。彼らによると、永徳は十歳にも満たない頃から、周囲を圧倒するほどの構成力と運筆で、一門にその実力を疑う者はいなかったという。光信とは、比べものにならなかった。

——狩野家の栄華も、そう長くはつづかぬかもしれぬ。

永徳に忠誠を誓っている玄也でさえも、陰でそう案じていた。事実、まだ子どもにもかかわらず、光信には「下手右京」というあだ名さえついていた。画才を持たずして狩野宗家の世嗣《よつ》ぎに生まれてきたことは、つくづく同情する。

なにより山楽の気に食わないのは、光信が悔しそうではないことだった。

面と向かって失礼なことを言われても、へらへらと愛想笑いを浮かべるだけなのだ。もし自分がそんなことを言われたら、一発ぶん殴ってやるのに。光信には、怒りや嫉妬といった感情が、どうも欠落しているように見えてならなかった。

そんな弱腰で、画壇の頂点に君臨する一族を率いるなんてできるのだろうか。

入門七年目になる頃、山楽に大きな機会がめぐってきた。

数年にわたって工事が進められていた安土城の事業に、主力画人の一人として同行することが許されたのである。

六年のあいだに、持ち前の根性と勘のよさで、山楽はめきめきと頭角を現していた。漢画や催事画の他、あらゆる画題の意味と歴史は、徹底的に頭に叩きこんである。習得した粉本《ふんぽん》の数も、右に出る者はいないだろう。

「たった六年で現場に赴くとは、異例の出世だ。心して取り組むように」

玄也からも認められ、一目置かれる存在になった。

年が明けたばかりの凍える朝、一行は京都から近江へと、牛車に荷物を載せて、逢坂峠を越えた。京都と琵琶湖のあいだの物流を支える街道は、飛脚や荷車で賑わっていた。山楽は持ち前の体力で荷物を運ぶのに活躍した。

峠を越えると、荷車に乗っていた永徳に呼ばれた。

六年で変化したのは、永徳も同じだった。

はじめて会った頃は若々しい美男子だったが、今では名実ともに狩野家の大黒柱としての威厳を強め、顔に刻まれたしわや髭は渋みを加えていた。しかし多忙のせいか痩せていて、この日は咳までしているのを山楽は心配していた。

多忙を極める永徳とは、直接話せる機会もこれまでほとんどなかった。用事があれば玄也を介する。雲のうえの存在とも言える永徳から呼びだされ、山楽は緊張しながらとなりに座った。

「工房での日々は、どうだった？」

荷車が揺れた拍子に、永徳の身にまとう香が漂い、山楽の心は高鳴った。

工房でこの香りがすると、永徳が帰ってきたのだなと分かるのだ。

「私のような武家の出身者からしますと、夢のような場所です」

「きれいごとはいらない。本心を訊いている」

そうですね、と山楽はしばらく考えこんだ。

「私は生まれた頃から、争いがすぐそばにありました。父が家を出ていくたびに、もう二度と会えないかもしれないと覚悟したものです。心休まるのは、画に向かっているときだけでした。だから命の危険もなく、画業に集中できるだけで幸せなのです」

「なるほど。長男に聞かせてやりたいものだ」

「光信さまに？」

「あいつには狩野家を率いるだけの度量はない。生まれたときから、私は光信に幻滅しつづけてきた」

父としての慈悲は一切なく、残酷なほど冷静に言い放った。

「しかし光信さまは、まだ十六です」

「おまえは分かっていない。画才は天から授かる賜物だ。私の祖父も、私も、物心つく頃には他の若者よりもうまかったのだ」

松栄の名は除外されていることを、山楽は指摘しなかった。指摘するほどの立場でもないので、当然である。松栄は朗らかな人柄のおかげで、門人たちの意見をうまくまとめる一方で、一門を率いて取り組む大仕事では、いつも最重要な箇所を長男にゆずっていた。

「狩野家の嫡子《ちゃくし》として、備えるべき才覚を持って生まれなかったことは、一門にとっても本人にとっても悲劇でしかない。年齢的にそろそろ実務を任せざるをえないから、今回あいつも連れてきた。しかし本当によかったのか……今も結論は出ていない。狩野家の名を貶《おとし》める結果にもなりかねないからな」

永徳は光信をわが子ではなく、狩野派の一員として、もっと言えば後継ぎとしてしか見ていないようだった。そのことは控えめで感情を表に出すのが苦手な光信の人格形成に、深く関わってきたに違いない。うしろの方で列につづいている光信のことを思うと、胸が痛んだ。しかし永徳が光信のことを悪く言えば言うほど、甘美なまでの優越感が広がって、全身を震わせるのも事実だった。

「おそらく今はまだ大丈夫だろう。土佐派や阿弥《あみ》派の力も弱まって、他に有力画人がいないからだ。よほどのことが起きない限り、狩野家は安泰。しかし胡坐《あぐら》をかいていては、必ず危機にさらされる。そこで、おまえに頼みたいことがあるのだ」

「謹んでお受けします」

山楽は頭を下げて、その先を待つ。

「おまえにしか頼めない、重要な願いだ。おまえは今まで口答えを一切せず、誰よりも熱心に修業してきた。その実力はすでに一門で認められつつあるが、安土城でそれを確固たるものにするのだ。おまえの安土城での画業がすばらしいものであれば、私はおまえを養子に迎えたい」

「よ、養子?」

思わず顔を上げた。

まさか永徳は、光信ではなく自分に家督を継がせる気なのか?

魅惑的でよこしまな期待が、頭をよぎった。

「よろしく頼んだぞ。おまえは光信と同世代であり、養子になれば正式に兄として迎えられる。だから光信が家督になったときに、どうか補佐をしてやってほしいのだ。光信一人では成し得ないことも、おまえがいれば可能になるだろう」

永徳の真意を悟った山楽は、言葉を失った。

あらぬ期待は抱くなと冷や水を浴びせるように、永徳はさらにつづけた。

「おまえはうちに来たとき、恩義を忘れないと誓ったな？　私はおまえの目に嘘偽りがないと見抜いたからこそ、入門を許可した。あの判断に間違いがなかったと証明しろ。自らを犠牲にしてでも、狩野家を守るのだ。そのために、ますます努力してくれ」

――ちょうどいい。

年齢を訊ねたときに、そう呟いた永徳の真意にやっと気がつく。あのとき、すでに息子の補佐役としてしか見られていなかったのだ。永徳は息子にいい刺激を与え、息子を支える駒になれるかどうかを判断していた。

山楽は平静を装って「そこまで認めていただき光栄の限りです。武家出身の者としてそれ以上の幸せはありません」と答えた。

結局は、血がつながらない自分は余所者であり、どうやっても永徳の後継者にはなれないのだと、痛いほどに思い知った。十分な資質がなくとも長男が家督を継ぐことは、太陽が西に沈むのと同じ世界の摂理なのだった。

とはいえ、養子に迎えられるまでに実力を認められたのは、間違いなく喜ばしい。山楽はそのことをまずは誇らしく受けとめ、嬉しさを嚙みしめることで、心の奥底にある割り切れなさから意識を遠ざけた。

「それから、さっきおまえは『狩野家にいれば命の危険はない』と言ったが、それは大きな間違いだぞ。御用絵師は権力と関わる以上、注文主に命を預けるようなものだ。命がけで制作していることを肝に銘じておけ」

「……たいへん申し訳ございません」

山楽が項垂れると、永徳はふっと不敵な笑みを漏らした。

「そう暗い顔をするな。命をかけるからこそ味わえる楽しみもある。とくに安土城は、あの信長さまが魂を込めて考案した、天下一の城という評判だ。稀代の数奇者《すきもの》であり、誰より鑑賞眼のある武将が建てた、夢の城なのだ。期待に応える画を完成させれば、不当に処罰されることはない。そういう意味では、私が知るなかでもっとも平等なお方だ」

表情をやわらげた永徳を、山楽はまぶしく見つめた。

永徳は「洛中洛外図屛風」を描いた二十三歳のとき、すでに当主の風格を備え、手際よく門人を指揮したという。以後、どのような目上の注文主とも堂々と渡りあい、狩野家をさらなる高みに押しあげた。

信長との関係は、その「洛中洛外図屛風」をきっかけにしてはじまった。信長は一目見ただけで作品を気に入り、即わが物にしたあと、年若き永徳を城に呼び寄せ、自らのお抱え絵師にしたのだとか。

近年、信長は「洛中洛外図」を、上杉謙信に和睦の証として贈った。それによって両者の和平が継続したという。信長が永徳に寄せる信頼は絶大なものに違いなく、だからこそ安土城内の障壁画制作は狩野家に一任された。

山楽は一度だけ、永徳の「洛中洛外図」を見たことがある。上杉家に贈られたものとは別の仕様だったが、公家、武家、町衆が共存しながら繁栄する花の都を、活気に満ちた姿で記録していた。

永徳の名所図には、夢の都がつくり出されている。金雲と家や山の彩色といった全体の配置もさることながら、人々の活き活きとした表情をも描写する。永徳は大画面の躍動的な速筆による障壁画を得意とすると言われているが、じつは緻密で堅実な細画こそが真骨頂ではないか、と山楽はひそかに思っていた。

完成を間近に控えた安土城は、天下人の舞台としての京都と、本来の拠点である濃尾平野とを結ぶ、琵琶湖の東岸に位置していた。いよいよ東西の征服へと歩みを進めんとする信長の居城である。

工事は何千人という大工や武士の手で進められたという。狩野家も定期的に足を運んで準備していたが、ついに天主が完成したという知らせを受け、永徳本人が本番の制作に赴くのだ。

安土山は、中腹から山麓にかけて大名屋敷や城下町で構成されていた。対岸から見える姿は、まるで水に浮いているようだった。何百段もの長い石段をのぼると、威風堂々たる天主を中心とした主要部が現れる。

三つの御殿が並ぶ中央に、七重造りの塔になった天主がそびえる。

とくに天主には、度肝を抜かれた。こんなに高い建物を見たことがない。天に届くかのような、驚異的な高さである。人智を超えた、神や仏の力が働いているのではないかと思えるほどだ。

なかに入ると、まさに迷宮であり、案内人も迷うほどの広さだった。

吹き抜け構造になっていて、見上げると橋と舞台がある。そこに現れる者は、宙に浮いているように見える。案内人いわく、信長は南蛮にあるという寺院から、吹き抜け構造の着想を得たらしい。信長の見ている世界が、いかに奇想天外かを思い知る。

安土城では障壁画のみならず、漆や木工などそれぞれの部門で、最高位とされる職人たちが呼びよせられたらしい。柱という柱が金箔か漆で装飾され、戸や窓は鏡のように磨かれていた。瓦までもが金色に輝いている。

眺めるだけで見る者に喜悦を与える城――富と権力が集中していることを知らしめ、配下の武将に夢見させる城だった。きっとどんな武力よりも影響力があるに違いない。そのことを予感させるように、狩野家が入城した頃、信長は石山本願寺をも降伏させたという知らせが届いた。

信長の支配地は大きく拡充され、天下統一も目前に迫っていた。

決められた制作期間は、数ヶ月とあまりにも短かった。しかも、これまでに経験したことのない規模と構造の城である。あらかじめ毎日の作業工程は細かく設定され、それを寸分の狂いなく進行させる必要があった。

狩野家の障壁画は大きく分けて、城の象徴である天主と、信長の住居である御殿に配置された。とくに指揮官として永徳の実力が大いに試されたのは、従来の建築様式を踏襲した御殿ではなく、奇想天外な造りをした天主の方だった。

永徳が考案したのは、画《え》という分野そのものをひとつの城で表したような、前代未聞の壮大な計画だった。

最上階には、画題の階級の上位にある、中国の偉大な君主や聖人の姿が並んだ。階が下がるにつれて、「釈迦説法図」をはじめとする仏画の他に、儒教や道教を題材にした漢画が配される。地上に近いところには、花鳥や竜虎といった生き物や風景を描く。

その構成は、従来の階級に基づいた画題決定であると同時に、狩野家における門人たちの立ち位置を、残酷なまでに明確化した。

というのも、各階、各部屋の担当者は、その実力や階級に基づいて決定されたからだ。上階を担当するのは、狩野家の血を引く手練《てだ》れた絵師のみ。階が下がるにつれて、担当する絵師の順位は低くなる。

山楽も光信も、最下階を任されていた。

とはいえ、山楽のような入門七年目の外様にとっては、天主の一部屋に配置してもらえるというだけでも、光栄すぎる人事だった。多くの門人が、天主はおろか御殿でさえも担当を与えられないからだ。

山楽は胸を躍らせ、与えられた仕事に取り組んだ。

しかし気になったのは、となりの部屋で「四季花鳥図」を描くことになった光信の存在だった。光信にだけは負けたくない。いや、負けるはずはないのだが、光信に自分の実力を知らしめてやりたい、と敵対心を燃やした。

作業開始からしばらく経った夜、山楽はこっそり光信の部屋をのぞいた。

すると部屋の襖に描かれていたのは、上階の神聖な空間の障壁画に比べれば、貧相極まりなく縮こまったような、どこか頼りない図様だった。さして重要な画題ではないものの、さすがに目についてしまう。

夜は更けているが、光信は蠟燭の光を頼りに、画筆をとっている。決して怠惰ではなく、真面目にやっているのは伝わるが、これでは永徳の期待に到底応えられない。しかし他人の心配をしている暇はない。自分の担当している部屋に戻ろう——。

そう思ったとき、山楽の視線に気がついたらしく、光信がふり返った。

「進行の具合はどうですか」

山楽は息を吐いて、部屋のなかに入った。

「最初は慣れない大画面に手こずりましたが、だんだん慣れてきたところです。光信さまはどうです？」

「お兄さまもこれが最初の現場ですものね。私はまだ要領がつかめません」

光信はなぜか笑みを浮かべながら、頭に手をやった。光信はこの六年で背が伸び、声変わりもして大人らしい体格になった。しかし肝心の画風は相変わらず弱々しく、なよなよした性格もそのままだ。永徳が心配するのも無理はない。

そのとき、荷車で永徳から言われたことが頭をよぎった。息子だというだけで、無条件で永徳の後継ぎとして将来を約束され、つねに気にかけてもらっている光信を、山楽はつい挑発せずにはいられない。

「光信さまのことを、永徳さまは案じていらっしゃいましたよ」

永徳の名を出すと、光信は表情を曇らせ「どうして？」と訊ねた。

その間の抜けた問いには答えず、山楽はつづける。

「あなたは、どれほどご自身が恵まれているのか、お分かりではありません。私の父も画を嗜みましたが、武士としての身分ゆえに、戦に人生を捧げる運命にあります。だから息子との縁を切ることと引き換えにして、私に画人としての夢を託したのです」

「実の父上とは会っていないのですか？」

「ええ、狩野家に入門してからは、一度も」

「寂しいですね」

「寂しい？　そんな言葉では片付けられませんよ。私はずっと孤独でした。敗北者から寝返った過去を持つ武家の子どもなど、見下されて当然です。だからこそ私は、永徳さまや秀吉さまのためには、命をも捨てる覚悟です」

下級武士として戦で死ぬ運命にあった今の自分があるのは、目にかけてくれた人たちがいたからこそ。その人たちへの恩返しのために、自分はなんとしてでも求められることをやり遂げねばならない。

　忠義の人になれ――。それは父の教えだった。父は裏切り者として、浅井長政とともに自害した家臣の遺族から、石を投げられたこともある。だからこそ、恩返しの大切さを知っていた。つらい記憶をふり払うように、山楽は言う。

「私にないものをすべて持っているあなたには、決して分からないでしょう」

　悲しい顔をしている光信に、山楽はさらに苛立《いらだ》つ。

「そんなに私が羨ましいですか？」

「ええ、永徳さまのご長男という立場は、あなたしかいません。だからこそ、永徳さまはこの部屋をあなたに任せたのです。しかも私をあえてあなたのとなりの部屋に配したのも、あなたに刺激を与えるため。すべてはあなたのことを考えてのことです。それほどの期待に応えられず、悔しくないのですか？」

「悔しい」と光信は独り言のように呟いた。「しかし、お兄さま。それは考えすぎです。父は自分に忠実で努力を惜しまないあなたの姿勢を高く評価し、天主の一室を任せたのですから。私の存在も少しは念頭に置いていたとしても、あなたの実力あっての決断。それに私はどう足掻《あが》いても、父を超えられないと分かっています」

「ならば、なぜもっと永徳さまから学ばないのです？」

天主を出入りしながら、山楽はこれまでになく永徳の様式を勉強していた。とくに永徳の傍らで、現場での振舞いを学べるのは、これ以上ない好機だった。永徳はひとたび構図を決めると、迷うことのない運筆で、まるで戦に出た最強の武将のように仕上げていく。まさしく天才の為せる技だった。

光信の口ぶりからして、自身が昔から周囲に「下手」と噂され、父からも不肖の息子と見《み》做《な》されていることを、十分に理解しているようだった。それなのに、なぜ黙ったまま行動にうつさないのだろうか。

しばらく俯《うつむ》いていた光信が、やっと問いに答えた。

「父の画は、父にしか描けません。他の者が真似をしようとしても、所詮、真似でしかないことは分かりきっています。それと同様、お兄さまや私にしか描けない画も、この世にはあるのではないでしょうか？」

思ってもいなかった返答に、山楽は面食らった。

「では、私は作業に戻ります」

光信はふたたび筆をとり、こちらに背を向けた。担当の部屋に戻りながら、山楽はこれまで見落としていたことに気がついた。そういえば、光信は日頃、永徳が仕上げる大画面の大作ではなく、先代が残した細画ばかりを模写している。まさか、それには光信なりの意図があるのか？

作業も佳境に入ったある夜、遅くまで持ち場にいた山楽は、一人の影が廊下を横切るのを見かけた。

手を止めて廊下に出ると、永徳だった。この数日、永徳は上階部の制作に忙殺され、下の階を見にくる回数も減っている。代わりに、永徳の従兄弟《いとこ》にあたる絵師が、監督をしにやってきていた。

後を追って確認すると、永徳は光信の担当する部屋に入っていった。

どうしてこんな時間帯に？

しかも山楽の部屋には目もくれず、息子のところに行くなんて。なにか特別な用があったのだろうかと気になるが、他の門人は寝静まっている。声をかけるのも野暮なので、山楽はふたたび作業に戻った。

翌朝、何気なく光信の部屋をのぞいた山楽は、その目を疑った。

光信が描いていた「四季花鳥図」が、一夜にして大きく変貌を遂げていたからだ。自信なげに引かれていた線は、いまや生き生きと躍っている。構図そのものは従来の案を踏襲しながらも、花も鳥もどれをとっても見違えるようだった。

まさか、永徳が手伝ったのか？

しかしすぐにその考えを打ち消す。なぜなら目の前の「四季花鳥図」は、永徳の様式ともどこか違う趣があったからだ。永徳の好むような派手さや迫力はない。むしろ四季のうつり変わりを丁寧に繊細に表現していて、見たことのない様式が生まれていた。

周囲の門人も驚いたらしく、光信に「ずいぶんと進みましたね」と声をかけていた。「おかげさまで間に合いそうです」と答える光信は、いつも通り謙虚すぎて頼りなげでありながら、どこか自信をつけたようにも見えた。

本当なら、山楽は前夜に永徳を見かけたことを今すぐ光信に話し、二人でなにをしていたのかを問い詰めたかった。しかし訊いたところで教えてもらえないだろうし、余計に傷つく気がしたのでやめておいた。空白になった知られざる父子の時間には、外部から入った人間には分からない秘め事があるように思えたからだ。

お披露目式に颯爽と現れた信長は、南蛮マントを羽織った色白で面長な男だった。仕上がった障壁画群を見て、大いに満足した様子である。招かれた数々の武将やその配下の前で、永徳を褒めたたえた。

「天下統一によって、長く暗い戦乱の夜が明けようとしている。安定した平和な世の中のはじまりに、これらの障壁画はふさわしい」

その夜は、天主を含む、城内のすべてに提灯《ちょうちん》が吊るされ、お堀には松明《たいまつ》を灯した船が浮かべられた。この世とも思えぬ美しい幻想的な光景のなかで、信長のいる御殿へと消えていく永徳の姿を、山楽は見かけた。その夜、狩野家の一門が寝ている職人用の宿に、永徳は帰ってこなかった。

翌日、京都の屋敷に戻ってから、永徳から呼びだされた。

「ご苦労だったな。おまえはこれから狩野姓を名乗るといい」

感激しながら「誠にありがとうございます」と山楽は頭を下げた。

「信長さまから、安土城の姿を屏風絵にしてほしいと言われた。京都に戻ったら、さっそく取りかかることになる」

時の天皇、正親町《おおぎまち》天皇も所望しているが、信長は断ったという。完成した屏風絵は、宣教師のヴァリニャーノに贈る予定らしい。

「素晴らしいではないですか！　永徳さまの描いた画が、海を越えて南蛮へと渡るのですよ。その名をわが国だけではなく、全世界に轟《とどろ》かせるのです」

「いかにも武将が好みそうな言葉だな」

永徳は疲れた笑みを浮かべた。

それからというもの、信長は完成した安土城を民衆に開放し、その権威と富を知らしめた。男女問わず、何人でも自由に城を見物できる許可を与えたのである。諸国から集まった群衆はあとを絶たず、その数はおびただしかったという。

集まった人々は、まず天主の前でその高さに腰を抜かし、さらに室内に入って、きらめく障壁画群の前でもう一度腰を抜かしたとか。永徳の新奇な独創性は、この国の隅々にまで評判を轟かせた。

おかげで後日、永徳は破格の画料の他に、光信とともに褒美として小袖を与えられた。安土城で一世を風靡した狩野家は、もはや画壇の覇者になろうとしていた。狩野家の一員として栄誉なことだと喜びつつ、山楽の心はちくりと痛んだ。

落胆を隠せなかった山楽のことを、玄也は同情するように咎めた。

「お主がいかに永徳さまを慕っているかは、みんなが知るところだ。しかし調子に乗るではないぞ。おまえは所詮、私らと同じ外様の身。どんなに実力をつけようとも、光信さまの配下にすぎないのだ」

しかし山楽には、玄也の言葉は響かなかった。なぜなら一門の誰よりも永徳の様式を忠実に継いでいるという自負があったからだ。武家出身者として絶対に負けるものかと歯を食いしばって修業を重ねてきた。

だからこそ、光信とのあいだの溝は深くなった。

安土城が燃えたのは、お披露目式から一年足らずだった。ほんの数日前に、信長が本能寺の変で絶命したと聞いて、狩野家に衝撃が走ったばかりだった。安土城の行く末を案じていたが、こんなにも早く火を放たれるとは、狩野家の誰もが耳を疑った。

知らせを受けた直後、永徳は山楽を含む数名を率いて、安土に直行した。炎を免れた障壁画の救出のためである。あれほどの労力をかけて築いた夢の城が、たった一夜で灰になるわけがない。どうか間違いであってほしい、と山楽の心臓は高鳴った。

城下町は大混乱に陥っていた。

そして山の頂上付近は、小雨に降られながらも、まだ鎮火されていなかった。昨晩、焔《ほのお》は赤々とした火柱になって燃えさかり、熱波で遠くの家の瓦まで溶かしたという。すべてが木でできた城は、さながら巨大な薪になったのだ。

もはやどこが天主で、どこが御殿なのかも分からなかった。

一門総出で仕上げた会心の作が、すべて失われるとは――。

せめて何枚かは無事でいることを期待したが、探さずとも明らかだった。

門人たちは悔しさの余り、その場に崩れ落ちた。

しかし永徳だけは、ただ黙って自らの運命を受けいれるかのように、焼け野原を見つめていた。戦乱の世に権力者のために画筆をふるう以上、自分の作品はほとんど後世に残らないだろうという諦めを、すでに抱いていたかのようだった。


安土城が焼けたあと永徳が描いたのは、信長の遺像だった。

信長の葬式に飾られるという遺像を見たとき、山楽は背筋が冷たくなった。

信長の怨霊が、遺像に宿されているような気がしたからだ。眉間に深くしわを寄せ、鋭い目つきで無念さを訴えている。信長の内面に迫ると同時に、心魂を捧げた画業が無に帰してしまった永徳の心境をも、表しているように見えた。

しかし、その死をゆっくりと悼《いた》む間もなく、永徳はいち早く情勢の変化を読み、山楽とともに秀吉を訪ねにいった。秀吉は山楽との再会を喜び、つぎは自分のために尽力するようにと狩野家を受けいれた。

おかげで永徳は、大坂城装飾の仕事を与えられたが、あまり笑顔を見せなくなった。山楽はやっと自身の経歴が永徳の役に立ち、秀吉にも恩返しする機会を得られたと高揚していたが、永徳のそっけない反応に嬉しさは半減した。

どうやら永徳は、権力を掌握しつつある秀吉を、心底で見下しているようだ。

「秀吉さまは、ただ黄金で身辺を飾りたてたいだけだ。画題の意味にも、さして興味がないのだろう」

そのように玄也に話している場面もあった。


暗く疲弊した狩野家に、近江の表補絵師《ひょうほうえし》が訪ねてきたのは、安土城が燃えてから一ヶ月後の夏だった。

わざわざ表補絵師が牛車《ぎっしゃ》で持ちこんだのは、見憶えのある「四季花鳥図」だった。まさしく光信が担当した、最下階の部屋に描かれた「四季花鳥図」である。工房で仕事をしていた門人たちが集まるなか、永徳は驚いた様子で、表補絵師に訊ねた。

「どうして、これを？」

「じつは火が放たれる一週間ほど前に、誤って裏面が破れてしまったので、修理してほしいと城の管理者から依頼を受けていたのです。そこで私の方で引きとって、作業を進めておりました。まさかこんな事態になるとは」

「管理者に連絡は？」

「つきません。正直、うちで保管しておこうかとも考えました。でも狩野家のみなさんが家運をかけて取り組まれたことは、重々承知しています。こうして生き残ったのは、なにかのご縁でしょうから、お届けに参りました」

しばらく思案していた永徳は、表補絵師に礼を伝えた。

「あなたに頼みたいことがある。この襖を屏風に仕立て直してもらえないだろうか？　襖としては、もはや居場所を失くしたも同然。屏風にしておけば、新たな役割を得られるだろう」

「承知いたしました。明日からこちらに通って作業を致します」

奇跡的に生還した「四季花鳥図」は、そうして親切な表補絵師の手によって、襖から屏風につくり替えられた。永徳の言う通り、襖のままでいるよりも、屏風の方が今後持ち運びもしやすくなる。

完成した屏風には、永徳の落款が使用された。

山楽には、それが永徳自身の考えによるのか、玄也や松栄をはじめとする長老たちの意向によるのか、よく分からなかったが、安土城の火災を免れた唯一の存在である以上、永徳の筆にしておくことは得策だった。

その証拠に、異論を唱える者は、光信も含めて一人もいなかった。

しかし山楽には、その絵には、あの夜見て見ぬふりをした、父子だけの秘密が隠されているような気がしてならなかった。

＊

伝記を読み終わった晴香は、深く息を吐いて頭を抱えた。

「なんというか……安土城をめぐる狩野家の人間模様はよく分かりましたね。ただし、肝心の『四季花鳥図』を誰が描いたのかっていう謎は、最後まで謎のまま。そもそもパトリシアの持っている屛風が、本当にこの伝記に登場する『四季花鳥図』なのかも不確かですし」

「でも、もっと大事なことが分かったじゃないか」

ケントは立ちあがり、紅茶を淹《い》れにキッチンに向かった。晴香は彼の言う「大事なこと」がなにを意味するのかが気になり、ケントのあとをついていく。湯を沸かしているケントに、晴香は訊ねる。

「今の、どういうことです？」

「今回の調査で大事なのは、パトリシアを納得させられるだけの復元の材料を集めることだよ。そしてパトリシアは、狩野家で面白いところは因果応報だと言っていた。彼女があの屛風を、安土城から唯一残った『四季花鳥図』だと信じているなら、復元には永徳をめぐる光信と山楽の三角関係を、しっかり理解しておかなくちゃな」

晴香は肯いた。

「本当ですね。嫡子と養子という、微妙な立場で対立した二人は、絵に対しても正反対の考えがあったという……そういえば、光信の没後、その志は江戸時代の巨匠、狩野探幽《たんゆう》へと引き継がれるんでしたっけ？」

「ああ、探幽は光信の尽力もあって、徳川家康の庇護を受けた。そして全国に分家を持つ盤石の体制を敷くことができたんだ。そこには前段階として、永徳とは対照的な光信の優しい感性があったからこそだ、というのが今の定説だよ」

「そう考えると、光信は戦国乱世が終わったあとの、泰平な時代を見越していたとも言えますね。山楽はじめ、多くの門人は永徳様式ばかりを追いかけて、光信を馬鹿にしていたけど、本当は光信が正しかったんですね？」

茶葉が蒸れるのを待ちながら、ケントはしみじみと言う。

「狩野派の未来のためには、ね。でも永徳様式に忠実だった山楽だって、間違っていたわけじゃない。光信の感性は時代を先取りしすぎていたし、権力者が次々と没する危機的な状況にあった狩野家に、山楽はなくてはならない存在だった。それでも光信には、時代を読むことを本能的に忘れない、本家を受け継ぐ者の血が流れていた」

「血っていうのは、遺伝とか、そういうことですか？」

「というよりも、小さい頃から耳にしてきた大人たちの何気ない会話とか、日常的に目にしてきたものの影響じゃないかな？　山楽にも才能があって努力家だったから、わずか六年でヒエラルキーの上位に上りつめたわけだけれど、そこに違いがあったわけだ。光信には外部から来た人間にはない、直感的に時代を読む力が備わっていたんだろう。争いの時代は終わって、いずれ繊細でおだやかな絵が好まれるってね。そういうのを真に『学がある』と言うんだと思うよ」

ケントは感慨深そうに言い、カップに注いだ紅茶に口をつけた。

「深いですね」と答えながら、肝心の「四季花鳥図」を描いたのが誰なのか、という謎の答えは保留のままだった。「その辺りはもう少し調査をつづけよう」とケントは晴香につぎの作業にとりかかるように言った。

「どうかしました？」

ぼんやりと紅茶のカップを持っているケントに声をかけると、「いや」と彼は首をふった。

「生まれが決定づけるものは大きい。そのせいで自分を責めずに済むところもあるが、その思考は人を堂々巡りに陥らせるし、責任転嫁は性に合わない」

晴香が黙っていると、ケントは目を合わさずにつづける。

「母は薬物依存だったんだ。でも父は長いあいだ、そのことを俺に黙っていた。母に頼まれたらしい。先日父は母の形見を持ってきたし、パトリシアは母の旧友だった。父は折り入って、なにか大事なことを話しにきたのかもしれない」

「あの卵、お父さんに返すんですか」

「どうだろう。気が向けば、錆をとっておいてもらえると助かる」

ケントのスマホが鳴って、二人の会話は中断された。

第三章

盛夏

CONSERVATOR

各自の調査と並行しながら、晴香とケントはストーク・オン・トレントに向かい、他のチームとともにパトリシアの「四季花鳥図」を分析した。実寸の引き伸ばしに耐えうる高精度の画像を撮影し、赤外線カメラなどを使って見えない線の痕跡を突きとめる。

作業は昼過ぎに区切りがついた。休憩室には温かいお茶とスープ、サンドイッチなどの軽食が準備してあり、撮影に集まっていた修復士たちはそちらにうつる。その日は野上の姿もあり、晴香はタイミングを見計らって声をかけた。

「野上先生、しばらくご無沙汰していて、本当に申し訳ありません」

「いいえ、こちらこそ。少し話しましょうか」

一階にある休憩室は、ガラス越しに庭が見えて、外に出られるドアがあった。二人は庭に出て、ベンチに腰を下ろす。

――折り入って話したいことがある。

そう野上からメールをもらってから、過去をふり返っていた。

イギリスに来てからも、頭の片隅にはずっと野上の存在があった。

大英博物館を辞めたとき、よほどスギモトという男に影響されたのか、と周囲から心配されたが、いずれは帰国して野上のところに戻るつもりだった晴香としては、遅かれ早かれ下していた決断だった。ただし予想外にも、ケントとの仕事は楽しかった。しかもケントの助手として彼と同居して以降、あまりにも多くの事件が連続して起こり、怒濤の日々にふり回されていた。

「パトリシアとは、数年前に知り合いましてね」

野上はまず、そんな世間話からはじめた。パトリシアの友人が持っていた掛軸を、野上が修復することになり、たまたまそれを知った彼女から、仕事の依頼があったのが付き合いのきっかけだった。それ以来、彼女がオークションや骨董店で日本美術を購入する際は、メールで送られてきた画像から、助言をすることもあったとか。

話の区切りがついたとき、小雨が降りはじめた。晴香は防水加工の上着のフードをかぶった。一方、野上は持ち歩いていたらしい折り畳み傘をひらきながら、「すっかりこっちの人ですね」と苦笑した。

「イギリスに来たばかりのときは、どうしてこの国の人は傘をささないんだろうって不思議だったんですが」

「板についてますよ。さて、時間も限られているので、本題にうつりましょうか」

「はい、お話ししたいことがあるとか？」

「糸川さん、日本に帰ってくるつもりはありませんか」

率直な質問に、晴香は面食らった。

「……どうしてです？」

「じつは糸川さんにも見習いに来てもらっていた私の工房で、新しい人材を探しているんです。腕の立つ職人には困っていないのですが、海外にコネクションがあって、英語に堪能でグローバルに動ける、できれば若い修復士を探しています。よかったら、そろそろうちに戻ってきませんか？」

思いがけない展開に、晴香は返事に窮した。

光栄な話には違いない。昔の恩師が、自分のことをそんな風に誘ってくれるとは、イギリスで頑張ってきた甲斐があったというものだ。大英博物館を辞める前の晴香なら「ぜひお願いします」と即答していただろう。

「ありがとうございます……ただ、私には勿体ない提案というか、本当に私でいいのかという感じはします。修復士としてそこまで自信がついたわけでもないですし、まだまだ勉強中と考えているので」とお茶を濁した。

「大丈夫ですよ」と野上はほほ笑んだ。「さっきも言ったように、あなたのような人材が欲しいと思ったのは、修復の腕を見込んでというよりも、海外での活躍ぶりを評価したからです。今回偶然再会できたのもなにかの縁でしょう。もし受けてくれれば、私としても嬉しいですね」

野上の本気が伝わってきたので、晴香は慎重に言葉を選びながらこう答えた。

「ありがたいお話です。すごく嬉しいですし。でも正直なところ、今すぐ帰国するつもりはないんです。今組んでいるスギモトさんとは、日本ではできないような大きな仕事にも取り組めますし、出会ったことのないくらい優秀な人なので、間近でその仕事を見られて勉強にもなっています」

「優秀、か」

「え？」

野上はほほ笑みを絶やさずも、目が真剣になっていた。

「あなたのパートナーが優秀な人なのは、私も知っていますよ。先日会ってから、いろいろと調べましたからね。でも私たちの工房を侮らないでほしいな。今回の屏風復元で組んでいるチームだって優秀ですよ」

「すみません、そういうつもりで言ったわけでは」

「じゃあ、こうしましょう。もし今回の勝負で、私たちのチームが勝ったら、うちの工房に戻ってきてください。逆に、あなたの言う優秀なパートナーの復元が選ばれれば、大人しく引きさがります」

もしかして野上先生は少し怒っている？

晴香は戸惑いながら、ようやく気がついた。人のいい野上のことだから、大英博物館に勤めるまでは、頻繁に連絡しては里帰りのたびに会いにいっていたのに、とつぜん音信不通となっていた教え子を、影ながら心配していたのかもしれない。

困ったことになった、と晴香は視線を泳がせる。窓越しにパトリシアと話しこんでいるケントと目が合った。が、すぐに逸らされた。今の会話をあの面倒くさい男に聞かれでもしたら、ややこしい展開になるだろう。

「とりあえず、今回の調査で京都に来たときは、うちの工房に寄っていってください。久しぶりにあなたの話をしたら、同僚たちも会いたがっていたので」

野上はそう言うと、ベンチから立ちあがった。

さきほどパトリシアから、ケントと晴香二人分の、ヒースロー空港から関西国際空港までの往復オープンチケットを手渡されていた。今回の調査に必要な材料や資料を調達するのに役立ててほしい、とのことだった。

「分かりました。楽しみにしています」

動揺を隠して答えると、野上はこれまで通りの柔和な笑みを浮かべた。

そうして二人は日本行きの飛行機を予約し、あっという間に当日を迎えた。機内でシートベルトをしめながら聞こえてきた日本語は、ついに帰国するのだと実感させる。ケントはとなりのシートで、雨の降りしきる朝の滑走路を眺めていた。

「ヘルに留守を任せて、本当に大丈夫でしょうか」

「なんの問題が？」

ヘルには留守中に、仕事も一部請け負ってもらっていた。ケントは当たり前のように任せていたが、晴香は彼女を一人きりにしていいのかもよく分からない。本当にヘルを仲間に加えるつもりなのか。

とはいえ、今は目の前の仕事に集中すべきだろう。

二人はパトリシアからもらった航空券に従って、四泊五日で関西に滞在する。そのあいだに果たすべき目的は二つあった。

まずは、日本でしか手に入らない必要な材料を集めること。これは比較的簡単だ。厄介なのは、例の屏風をパトリシアに売ったという京都市内の骨董商に赴くことだ。出どころを突きとめれば、復元のヒントが得られるかもしれないとケントは考えていた。

「なにか見つかるといいですね」

「見つかるに決まってる」

そっけない返事だった。ストーク・オン・トレントから戻ってから、ケントの様子がどこかよそよそしい。こちらに透明の壁をつくっている。明言できるほど冷たくなったわけではないが、違和感を抱いていた。

「スギモトさんって、子どもの頃に日本に滞在することがあったんですか」

気まずい沈黙を埋めるために訊ねると、ケントは視線を窓から外さずに答える。

「親父が骨董品を買いつけるのに同行したり、長期休暇を過ごしたりね。とはいえ、人が想像するような楽しい家族旅行とはほど遠かったけどな。ハードスケジュールで寺やらなんやらに連れ回されるうえに、移動中は抜き打ちテストだ」

「テストって、なんの？」

「さっき行った神社は何時代に建てられたかとか、さっき見た仏像をつくったのは何派の仏師だとか、そんなようなテストだよ。こっちは歩き疲れて眠いのに、星一徹もびっくりのスパルタさ」

「おかげで今のスギモトさんがあるわけですね」

しみじみと言うと、ケントは座り直してようやくこちらを見た。

「そういう君は、しばらく日本に帰ってないんだっけ？」

「かれこれ三年ぶりですね」

大英博物館に勤務していた頃から、長期休暇を取得しそびれ、年末年始も大混雑のなか帰国するより、フラットで寝て過ごすことを選んだ。ケントの助手になったあとは、さらに忙《せわ》しなく日々が過ぎて、実家に帰るどころか休暇もとっていない。

「やっと家族に会えるのが楽しみです」

声を弾ませると、ケントはなにを言っているんだという風に眉をひそめる。

「おいおい、たった五日間しかないんだぞ？　油を売っている暇なんてない。それに、君は家族と四六時中、ＬＩＮＥで連絡をとり合ってるんだし、今回くらい会えなくてもいいじゃないか」

「そんな殺生な……ていうか、またスマホを見ましたね！」

「同じようなパスワードばかり設定するからだ。俺のような同居人がいるのに君はあまりにもガードが緩い。それくらい把握していて当然だ。むしろ少しは隠すことをおぼえたらどうだ？　ちなみに、君が何ヶ月か前にマッチングアプリで出会った相手に会いにいったのも筒抜けだぞ。帰ってきた様子からして、理想とはほど遠かったようだけど」

晴香は衝撃のあまり、すぐさま抗議もできなかった。この男と暮らすということは、そんなことまで詮索されなければならないのか。相手に落胆したというのも事実なだけに、反論の余地がなくて悔しい。次は絶対にバレないパスワードにしよう。ついでに以前ケントが「イラつく」と言っていた着信音に大音量で設定しておこう。

「なんなら、君がなぜ恋人を見つけられないのか教えてやろうか？」

「けっこうです。他人の恋愛事情にいちいち口を挟まないでください」

「親切心で言ってやったのに。それはそうと、ついでに伝えておくが、君がいつベイカー・ストリートの部屋から出ていこうと俺は構わないよ。誰と組んで修復士をつづけるかも、君が決めればいい」

「まさか……野上先生との一件を知ってますね？」

また声が大きくなった。

こちらを不審そうに見やったCAに、ケントは軽く笑みを投げた。

「言っただろ？　君はあまりにもガードが緩いって。俺が読唇術を心得ていることも忘れてしまうとはな。そんな調子だから、いつまで経っても修復士として半人前なんだ。修復の仕事には注意深さと観察力が不可欠だ。まぁ、もう日本に帰るなら、俺の知ったこっちゃないけどな」

冷たい口調で言い放たれ、晴香は額に手を当てた。このうっかり者！　ラスター邸の庭で野上と話したとき、最後にガラス越しにケントと目が合ったではないか。すべて聞かれていた、いや、見られていたのである。

「でもそれなら、私が丁重にお断りしたことも知ってますよね？」

「口先では断っていても、君は考えが面白いほど顔に出るからね。あのときは明らかに動揺していたし、うわの空になる時間が増えた。君は自覚していないかもしれないが、心が揺れている証拠だ」

「ていうか、いいんですか、スギモトさんは。私が助手を辞めても」

「別に？　無理にロンドンにいてほしいわけじゃない」

「史上最悪の嫌な言い方！　後悔しても知りませんよ」

「ああ、上等だ。ただし辞めるとしても、今回の仕事は終えてからにしてくれよ」

それから十時間以上のフライトのあいだ、二人は一言も口をきかなかった。お互いに寝るか映画を観るかなどして時間を潰した。助手をはじめて以来、何度も言い争いをしてきたものの、これほど険悪なムードが漂うのははじめてだった。

二人は一度便を乗り換えて、大阪国際空港に無事到着した。夕刻に空港のロビーを出て、リムジンバスで京都駅に向かう。街並みはイギリスでは滅多にない、盛夏の強い西日に照らされていた。

「猛暑の京都か」とケントはうんざりした様子でサングラスをかける。

晴香はイギリスでは出番の少なかった日焼け止めを腕に塗ったあと、スマホをＷｉ－Ｆｉにつなぐ。メールが数通届いた。依頼人とのやりとりやその他業者といった差出人にまじって、野上の名前があった。ケントの目を盗んでひらくと、工房を見学する日程について書かれていた。

実家にも戻れないのに、そんな時間はあるのだろうかと算段していると、唐突に「君に提案がある」とケントがサングラス越しにこちらを見た。

「この出張のあいだはいったん停戦だ。今後のわれわれの関係についても、ロンドンに帰ってから話しあおう」

「それには賛成です。今は屏風のことに集中しましょう」

ケントが差しだした手を、晴香は握り返した。

京都駅八条口でバスを下車した頃、空は赤く燃えていた。昼間の蒸し暑さは落ち着き、日没後は動き回れる涼しさになった。宿泊先である駅直結のホテルに、ひとまず荷物を預けにいったあと、タクシー乗り場に並ぶ。

　ケントは風呂敷包みを抱えている。フライトの際も他の荷物はすべてカウンターに預けたのに、それだけはわざわざ手荷物として機内に大事そうに持ちこんでいた。中身を訊ねても「そのうち分かるよ」としか答えてくれない。

「ところで、最初の目的地の『古美術　檀《だん》』って、どんなお店なんです？　スギモトさんは店主の檀さんと面識があるんですか」

　卒業後すぐにロンドンに来てしまったので、日本の古美術業界の知識もつながりも持っていない。修復してきた作品も、イギリスやその他の国にあるものばかりで、原産国も日本以外が多かったせいでもある。

「手っ取り早く言えば、おそらく京都の古美術界で一番偉い人だな」

「偉い人って、ざっくりした言い方ですね」

「あながち間違ってはいないと思うよ。檀さんは目利きとして有名だ。しかも一代で築いたわけじゃない。数百年にわたって川端康成のような文豪をはじめ、名だたる数奇者《すきもの》が客として出入りしてきた老舗だ」

「すごい世界ですね。当代は若いんですか？」

「五十代後半くらいだ」

　タクシーに乗りこんでから、運転手に行先を伝える。

出張前に「古美術　檀」について検索をかけたが、ホームページはおろか、本人のインタビューの類も一切出てこなかった。地図アプリにも登録されていない。本物だ、と晴香は直感的に思った。これぞ一見さんお断りという京都の風習なのだろう。うっとこはＩＴに疎くて時代遅れやさかいになどと口先では卑下しながら、ネットで情報を見てくる観光客なんて願い下げやわという本音が聞こえてきそうだ。といっても、実際のところはなにも知らないのだけれども。

「ロンドンの老舗骨董店に出入りするときも格式の高さに怖気《おじけ》づきますけど、それ以上に緊張しますね」

イギリスでは晴香は外国人であり、どうせ分からないのだと開き直れるが、日本にいると言葉の微妙なニュアンスも分かってしまう。しかしケントはいっこうに気にする様子もなく、面白がるように言う。

「檀一族がすごいのは、それだけじゃないんだ。じつは当代には弟がいるんだけど、兄弟二人とも古美術の道を志していてね。次男坊の方がやり手で、ニューヨークと東京に店舗を構えているんだ」

「『古美術　檀』の支店ということですか？」

「いや、檀の名前は使っているけれど、まったく別の独立した店だよ。だから商売敵といってもいい。次男は長男よりも商売人としての才覚があるという評判で、どんどん店を拡大しているんだ」

その話を聞きながら、当初から「檀」という名にどこか聞き憶えがあった晴香は、なるほど、弟の店を知っていたからだなと合点《がてん》がいった。弟の方は兄とは対照的に、メディアにも頻繁に露出しており、店のウェブサイトをのぞくと洗練された外国人ウケしそうなデザインだった。

「弟の方はうちの父とも仲が良くて、何度も会ったことがあるよ。ニューヨークに店舗があるとはいえ、国際的なアンティーク・フェアでも顔を合わせるからね。ただし、兄の方とはほとんど会話をしたことがない」

「性格も正反対そうですしね」

「そのうえ、仲も悪いときた。公の場で顔を合わせても、お互いに無視を決めこむっていうのは有名だよ。そして兄弟で同じ作品を入札したら、どちらも一歩も引かない。普通、兄弟なんだからどちらかにゆずって、一緒に愛でるという方法をとりそうだろ？　でも実際は、どんどん落札額が跳ねあがっていくんだ」

「いろんな意味で、業界に貢献してるわけですね」

晴香の冗談を笑うと、ケントは真面目な顔に戻ってつづける。

「檀さんの店にあるものはよく見るといい。きっと勉強になるから」

感心しながら「どれも一流品なんですね」と答える晴香に、ケントは「いや」と首をふった。「というよりも、偽物を平気で紛れこませるのが檀さんのやり方だ。選ぶ作品で客を査定するためにわざとそうするらしい。真贋《しんがん》を見分ける勉強には最適さ」

なんてこった、と晴香の不安はますます大きくなった。


日が沈んだ祇園の街は、昼とは違った幻想的で妖艶な雰囲気だった。

骨董店やギャラリーの並ぶ通りに面したその店は、瓦屋根に土壁という目立たない外観である。しかしよく見ると、古い柱は丁寧に磨かれ、玄関先に敷かれた高級そうな御影石は、打ち水されて街灯を反射している。

店に入ると、目の前にいくつかの棚があって、壺や掛軸などが余白たっぷりに展示されていた。掛軸には祇園祭の鉾《ほこ》が描かれていて、今の季節にちょうどいい。しかしじっくりと眺める間もなく、奥から声が聞こえてきた。

「おいでやす」

現れたのは、整った顔立ちをした長身の女性だった。モデルのように顔が小さく、着物がよく似合いそうな大和撫子《やまとなでしこ》である。となりの美女好きが放ってはおかないだろうなと思っていると、案の定キリリとした顔つきになって挨拶する。

「スギモトさんはずいぶんと日本語がお上手ですね」

「お褒めにあずかり嬉しい限り。あなたの京ことばも素敵ですよ」

「おおきに。あいにく檀は急用のために席を外しております。僭越《せんえつ》ですが、私がお相手をいたします」

口調は丁寧だが、裏を返せば、アポをとったにもかかわらず檀は会ってくれない、ただし店を見せるくらいならいいよと判断されたらしい。檀に例の屏風について訊くことが目的だと伝えているのに果たせないではないか。今すぐ抗議したくなるが、ケントは楽しそうに笑っている。

「あなたのような美しい方に対応してもらえるなんて幸運ですよ」

女性の方は一瞬固まったあと、ほほ笑みを浮かべた。ただし口説き文句は耳にタコができているのか、「私こそお会いできて光栄です」と上品にはにかんでみせる。その奥ゆかしい対応は、同じ女性である晴香にも心揺さぶられるものがあった。

「よかったら、僕と一緒に祇園祭に行きませんか？」

郷に入っては郷に従え。京都らしいデートの誘い方に切り替えたなと晴香が感心していると、女性はさらに上手《うわて》のようで「あらまぁ、かわいらしい」とほほ笑み、英国風ユーモアも軽やかにかわした。

「お二人にご覧いただくように仰せつかっている作品がありますので、こちらへ」

女性は奥の階段を手で示した。いや、今日は買い物に来たわけではないのだけれど、と晴香は首を傾《かし》げるが、ケントから大丈夫だから従うようにと目で促される。それにしても、どの客にどの作品をあてがうのかも、店側の采配で決まるようだ。

老齢のお客も多いためだろう、わざわざ手すりのついた狭い階段をのぼり終えると、八畳間が二つ連続した、広々とした和室があった。長い面の壁には、六曲一双の山水屏風が立てられている。

紅葉した楓の大樹と松を重ねて描いた右隻と、満開の白い桜に柳が芽吹いている様子を表現した左隻。おそらく春と秋の景色が、いずれも墨の濃淡によって、霧から見え隠れしながら、細やかに表現されている。

よく見ると、渡り鳥が飛んでいたり、落葉のつもった形跡があったりと、注視するほどに新しい発見があった。しばらく夢中で屏風を見ていると、晴香はふと違和感を抱いた。なにかがおかしい。でもその理由がはっきりとしない。ケントの方を見ると、彼も渋い表情を浮かべて肯いた。

ケントはふり返って、背後で見守っていた女性にこう訊ねる。

「これを展示なさったのは、どなたです？」

「私ですが？」

ほほ笑みを湛《たた》えながら、美女は答える。

「よほどお急ぎだったのか、それとも故意なのか」

「なんのことで？」

「どうも私には、左右逆に置かれているようにしか見えないのです」

そういうことか、と晴香は腑に落ちる。

右隻と左隻が反対に展示されるのは、珍しいことではない。たとえば、長谷川等伯《とうはく》が描いた傑作「松林図屛風」は現在、かすかに望める雪山が中央にあり、落款が両端にくる構図になっている。だがじつは、描かれた当初は位置が逆で、右隻が左で左隻が右だったという説が有力だ。

二つのバージョンを比べてみると、逆になった今の位置の方が、構図的には幽玄が表現され、作品として優れた出来栄えになるとも言われ、のちに誰かが入れ替えたと主張する研究者もいる。今の状態で両端にある落款は、後世のものだとか。

そんな風に、描かれた当時の状況を推理することも、修復士の仕事のひとつであり、屛風を楽しむ方法だと晴香は思う。

「同感です。右に秋、左に春があるというのは不自然ですね。逆にした方が、より隅々まで視線が誘導される構図になります」

ケントは肯き、女性に断って左右を交換した。案の定ずいぶんとよくなった。その作業を止めずに黙って見守っていた女性は、少し待つように言い残して、奥の部屋へと消えていった。二人きりになってから、晴香はケントに囁く。

「私たち、失礼なことを言ったんじゃや？」

「でもこっちが正しいだろう、どう見ても」

自信たっぷりの態度に気を揉みながら、そもそもこの類の店は、お客様は神様ですという考え方とは真逆の哲学に支えられているのではと不安になる。よほどの財力を持つ者でない限りは、店主のルールに従わねばならず、手土産などを持ってくるべきだったりして。

「お見事、お見事」

声がしたのでふり返ると、着物姿の中高年の男性が立っていた。恰幅《かっぷく》がよく白髪交じりで、うしろに付き添う先ほどの女性に「もう下がっていいよ」と指示する姿からして、当代の檀氏に違いなかった。

「久しぶりだね、ケントくん」

スタッフの女性ほど方言が強いわけではなく、物腰はやわらかいのに、不思議な迫力のある人だった。オーラとでも言うべきか。しかしそれは単純に、真打登場にふさわしく堂々と遅れて現れたという演出のせいかもしれない。

「はるばるロンドンから来てくれてありがとう。前の用事が立て込んでいたもので、ご挨拶が遅れて申し訳なかったね。こちらははじめて会うお嬢さんかな？　はじめまして、私はこういう者です」

檀は晴香に向かって名刺を差しだし、晴香の自己紹介を温和そうにほほ笑みながら聞いてくれた。

「それで、左右逆というのはよく見抜いたね。その通り、これはわざと逆に展示させてもらったんやわ。よく正解したね。さすが椙元さんのご子息。お嬢さんの指摘も、なかなか鋭かったね」

え、テストだったの！

裏で会話を聞かれていたことに慄《おのの》きながら、さては自分が身構えていただけで、檀は親切で優しい人なのではないかという期待を撤回する。この店で主《あるじ》に謁見するには、テストに合格しなければならないらしい。とりあえずは第一関門突破というところか。この先どんな難問が待ち受けるのだろう。

檀はにこやかな表情で「どうぞ、そちらにおかけになって、くつろいでくださいね」と促した。畳のうえにはアンティーク調のペルシャ絨毯《じゅうたん》が敷かれ、革張りの座り心地のいいソファがあった。やがてさきほどの美女が盆を持って現れ、中央のテーブルに冷たい緑茶が並べられる。

しばらくケントも檀も本題には入らず、世間話に終始した。しかしはじまりは天気の話題だったが、先日市場に現れた国宝級の作品の噂から、昭和期に行なわれた伝説の売立の思い出など、二人の話題は縦横無尽に切り替わった。

晴香にはさっぱり分からない話題でも、ケントは顔色を変えずに軽いノリで受け答えをしていて、改めて知識の広さに驚かされる。しかも本やネットで得られる知識ではなく、長く業界に関わっていないと分からない話ばかりだ。晴香一人でここにいれば、とんちんかんなやりとりになったに違いない。それ以前に会ってもらえたかもあやしい。

ケントは幼い頃から父と骨董店をめぐっていたと飛行機で聞いたが、作品の知識だけではなく、こういった場での振舞い方も学んだのだろう。彼のずば抜けた能力は、本人が無意識のうちに体得したものに支えられているのだ。

「ところで、訊きたいことがあるんやって?」

話に区切りがつくと、檀の方から訊ねた。

ケントはタブレットで画像を見せながら、檀に切りだす。

「じつはわれわれは今、とある屛風の復元に取り組んでいます。持ち主はイギリス人のコレクターですが、購入したのはこちらのお店だとお伺いしました。そこでさらなる情報を集めるために、どこから入手したのかをお伺いしたいのです」

「そりゃ、難儀な質問やで」

檀はからかうように笑い飛ばした。「古美術商の鉄則として、どこからどんな経緯で作品を入手したのかというのは明かせへん。そのことは君もお父さんから教わってきたと思うけれど？」

「承知しています。でも今回は特別に教えていただきたい」

案の定、檀は笑みを浮かべながらも、やんわりと断る。

「いやー、せっかく来てもらったのに申し訳ないけど、いくら頼まれても無理やわ。じつは野上先生からも、以前同じ頼み事をされてね。野上先生には普段からお世話になっているから力になれればと思いつつも、お断りしたくらいやし」

「ほう……それは面白いですね」

ケントは口角を上げると、持参していた風呂敷包みをテーブルのうえでほどいた。現れたのは桐箱である。

「どうぞ、これを」

桐箱が檀の方にそっと差しだされる。

檀は戸惑いながらも、興味をそそられているらしく、指示の通りに桐箱を開けた。するとそこに現れたのは、一尾の巨大な伊勢海老だった。檀は一瞬、「うわっ！」と驚きの声を上げた直後に、「自在か、こりゃすごい」と唸った。

よく見ると、ビクとも動かない茶色い海老は、食用の本物ではなく、鉄でつくられた置物だった。檀の言う通り、自在に動く仕組みになっているゆえに「自在」と呼ばれる伝統工芸品である。

つくられるようになったのは、江戸時代の中頃だ。世の中が平和になって、仕事が激減した甲冑師が、その超絶技巧を生かして本物そっくりの龍や昆虫、魚や鳥などの生き物を鋳物でつくるようになった。いわば「江戸のフィギュア」とも呼べる。

数十センチというサイズにもかかわらず、自由に関節が動くことから、明治期以降に来日した欧米人の目を驚かせた。それ以降、輸出工芸品の代表に躍りでた自在は、今も海外で根強い人気がある。

「じつは先日イタリアの個人コレクターから修復を依頼されましてね。箱書きはすでに失われてしまいましたが、明珍《みょうちん》か同派によってつくられた初期の自在だと思われます。発見したときは劣化が激しく、動かないどころか足りないパーツもあったのですが、こうして修復を終えたら見違えましてね」

　出張のあと忙しく過ごしていたが、いつのまに修復していたのだろう。同じスペースで仕事をしているはずなのに、晴香は気がついていなかった。

「なかなかの腕前やないの」

　檀は目を輝かせながら、その自在を手にとった。さまざまな角度から観察したり、慣れた手つきでパーツを動かしてみたりする。威張ってみせているものの、檀自身は好奇心を抑えられないようだった。

「持ち主は今この買い手を探しているらしく、興味のある人がいたら仲介してほしいとお願いされているんです。どうでしょう？　もし気に入ったのなら、この自在の持ち主の連絡先と引き換えに情報をもらえませんかね」

　ケントが上目遣いで言うと、檀は渋い顔で腕組みをして思案したのち、名残惜《なごり》しそうに自在を桐箱に戻した。

「君の修復士としての腕は、たしかなものと分かりました。だが箱書きもないし、それに残念ながら、うちの専門は屛風ややきものなどの茶道具。このような工芸品は、ちょっと路線が違うかな」

　この程度の対価ではおまえなんぞに情報を渡してたまるか、と檀のやわらかい口ぶりを脳内で翻訳する。用意周到なケントだが、どう出るのだろうと待っていると、彼は慌てる素振りもなくあっさりと引きさがった。

「分かりました。じつはもう一人、この自在を見せた相手がいるので、そちらの連絡先を持ち主に伝えることにします。ちなみに、そのお相手は一目見ただけでこの自在を気に入ってくださって、何万ドル出しても構わないと言われています」

「ドルってことは、外国の方?」

檀は未練があるのか、そう訊ねた。

「いえ、あなたの弟さんです」

「はい?」

不意に平手打ちされたような顔になった檀に、ケントは言葉を挟む隙も与えない。

「ちょうど数日前にたまたまロンドンに出張に来るという連絡をもらったので、お会いしてこれを見せたんです。そしたら、すぐにでも買いとりたいと好感触でしてね。ただし公平を期すために、一応お兄さまのあなたにもお伝えしようかと。でも興味がないなら、答えは決まりました」

「ま、待ってくれ」

「どうされましたか?」

ケントは思い通り獲物がかかったとでも言わんばかりの、芝居がかった態度で眉を上げる。いやはや一番怖いのは、老舗古美術店のクセモノ当代ではなくこの男かもしれない。檀は今の話を鵜呑《うの》みにしているようだが、ケントの性格を知っている晴香からすれば、本当に弟に見せたのかもあやしかった。

「しゃあないな」

腕組みをして眉間にしわを寄せていた檀は、深くため息を吐いた。

「了承してもらえましたか」

「ただし、こんな例外なお願いは、今回だけやで。すばらしい明珍派の自在伊勢海老に免じて」

ケントは礼を言って頭を下げたあと、すぐに「それで、どちらであの屏風を？」と質問を重ねた。

「光球院や。あそこの住職とは、長い付き合いでな」

「光球院といえば、興心寺の塔頭《たっちゅう》のひとつですね？」

檀は肯き、声を低くした。

「ただし、私がはじめて例の屏風を見たときも、すでに一枚が欠けた状態やったで」

＊

翌朝、まだ日が高く昇る前、ケントとともに山麓にある興心寺の北門にタクシーで向かった。檀から聞いた連絡先にアポをとると、早朝の時間帯を指定された。時差ボケ気味の二人にとっても都合はよかった。

境内の広大な敷地は、さながら緑の多い公園のようだった。日々の通り道に使っているらしい地元の人々が自転車に乗っていたり、ウォーキングをしたりしていた。観光客の姿はまだ多くない。

「やっぱりこういうお寺は、古美術商とのつながりが強いんですね」

「檀家《だんか》の数は少なくなったみたいだけど、観光客は他の街に比べれば多いし、ここで集まったお金が祇園などの花街で落とされたり、骨董市を活発化したりすることで、京都の文化を支えているんだろう」

境内の庭は隅々まで美しく整えられ、舗道も真新しい。電信柱の類はひとつもなく、おかげで何百年も前にタイムスリップしたような感覚を抱いた。

光球院は、重厚な二階建ての北門を入ってすぐのところにあった。四脚門というらしい、北門に比べると小さな門があり、瓦に獅子のかわいらしい装飾を見つけた。しかし門には木製の柵が立てられ、通常は公開していないらしい。敷地内の緑の陰から小僧らしき若者の姿が見えたので、ケントが声をかける。

「おはようございます、スギモトと申します」

「お待ちしておりました。どうぞ、こちらへ」

小僧はお辞儀をして、敷地の奥へと二人を案内した。

靴をぬいで座敷に上がると、迷路のような板張りの廊下がつづいた。非公開らしいが、畳も天井の装飾も手入れされていて、作業をする庭師の姿もあった。また、あちこちに飾られた美術品からは、住職の趣味が窺える。

書院造の空間に通され、もう少し待つように言われた。室内には四曲一双の屏風が設えられていた。比較的近年に描かれた一点だった。梅の枝で羽根を休めているカササギが何羽か、墨で描かれていた。

やがて現れたのは、九十歳は超えていそうな老住職だった。

「北上慈海《じかい》です。お勤めが長引き、お待たせしてすみません」

ケントは晴香とともに自己紹介したあと、京都を訪れた理由と、檀から紹介された経緯について説明した。

「あなたのお父上は、相元桂二郎さんだそうですね」

「父のことをご存じで？」

「ええ。でも桂二郎さんではなく、その兄上に当たる相元柊一郎《しゅういちろう》さんの方を、よく知っているんですけれどね。じつはこの屏風にしても、日本画を描いていた柊一郎さんによる作品なのです。おや、柊一郎さんのことはご存じないですか？」

「実家の話を、父はあまりしなかったので」

「そうでしたか」と慈海は意外そうに眉を上げた。「うちの寺では日本画家だけでなく、よく芸術家が出入りしましてね。柊一郎さんも弟である桂二郎さんを連れて、うちの寺に立ち寄っていました。お二人は十歳以上年が離れていましたが、仲のいい兄弟でした。まさか今になってそのご子息が訪ねにくるとは、縁とは不思議なものです」

「今日はそれで、会ってくださったわけですね」

「ええ、檀さんから話を聞いて驚きました。しかも端が欠けてしまった屏風についての件だと伺って、奇妙な縁を感じています。正直言って、あなたとお会いするかどうか迷ったのですが、やはりお話しすべきかと思いまして」

慈海の口ぶりに、ケントは動揺した表情で訊ねる。

「どういうことです？」

「桂二郎さんの名前を聞いたときに、真っ先に思い出したのがその屏風のことです」

あの屏風は、慈海が生まれる前から、この寺院にあったという。当時は、欠損部もなくすべてが揃っている完全な状態だった。しかし光球院には、京狩野と縁の深かった歴史があって、他にもたくさんの狩野絵師による屏風がある。あの屏風には、『州信』の印が捺されているものの、永徳の筆だと信じる者はいなかった。

「ただし椙元柊一郎さん——あなたにとっては伯父に当たる方ですね、その方だけは違いました」

「伯父や父は、あの屏風がここにあった頃から知っていたのですね？」

「知っているもなにも、まだ二十代前半だった柊一郎さんは、一目見たときから、あの屏風に執着していました。あの屏風には価値があるに違いないと信じきっていたのです。われわれは落款について素人なりに調べただけだろうと取りあいませんでしたが、その執着心といったら尋常ではなかった。桂二郎さんを連れて、二度三度とうちに来ました。そしてあの屏風は野ざらし状態にするのではなく、温湿度の管理が行き届いた倉庫で、大切に保管すべきだという主張をくり返したのです。しかし私も先代も、彼のことをないがしろにしました」

そこまで話すと、慈海は小さく息を吐いた。

「じつは当時、私も先代も、彼の扱いに苦労していたのです」

「彼の扱い？」とケントは眉をひそめた。

「おっと、失礼しました。ご親族にそのような言い方を……じつは柊一郎さんには、自分の気に入らないことがあると攻撃的になって、場合によっては暴力をふるう一面がありました。今であれば、なんらかの精神疾患の診断が下されていたかもしれませんが、当時は古い時代ですから、周囲の大人はみんな彼を恐れ、警戒していました。だからこそ、院内で火事が起きたとき、真っ先に彼が疑われたのです」

「え？　まさか、そのせいで一部欠損を？」

「その通りです。出火したのは深夜でした。幸い、ボヤでおさまり、けが人もなく鎮火されました。しかし文化財にも指定されている建物の一部とあの屏風が被害にあいました。全焼しなかったのが奇跡だ、と警察に言われたほどです」

警察はまず、放火を疑った。

というのも事件のあった日、柊一郎が弟を連れて、光球院に来ていたという話を住職がしたからだ。口論になったうえに、脅迫めいたことを口にして出ていったという事情から、疑いの目を柊一郎に向けたのである。

しかも柊一郎は、過去にも暴力沙汰を起こして補導されたことがあり、犯人だと考えられる材料が揃っていた。さらに、寺院の近隣住民から、夜中に柊一郎によく似た背格好の若い男が走り去っていくのを見た、という目撃情報も寄せられた。

警察の追及は厳しく、柊一郎は取り調べを受けた。彼は否認したが、誰も彼の言うことを信じなかった。

「しかし火災鑑定の結果、電気線の劣化による事故だと分かったのです。放火ではなかったわけだ。警察の捜査がずさんだったという報道もなされ、地元ではちょっとしたスキャンダルになりましたよ」と慈海は目を伏せた。

となりで話を聞いていた晴香は、あまりに不運が重なったことに言葉を失う。しかしケントからも以前に、日本の古い蔵ほど美術品を「文化財」として認識せず、「先祖から引き継いだ厄介なもの」として扱いが粗雑になるケースも多いと聞いていた。

「でも一部が燃えてしまったあとも、すぐには処分しなかったのですね？」

ケントが鋭い質問を投げかけると、慈海は肯いた。

「ええ。柊一郎さんが亡くなったこともあり、ずっと気が咎めるものがあったので」

「亡くなった？」

「ええ、柊一郎さんは事件の数年後亡くなられましてね。ただ、それ以上は私の口からは語るべきではないでしょう。お父上から直接聞いてください」

「伯父が亡くなったあとも、私の父と関係が？」

慈海は肯いた。

「うちに来て、そのことを報告してくれたのが桂二郎さんでした。驚きました。まだ若かったですし、亡くなった経緯も経緯でしたのでね。お悔やみを申しあげると、桂二郎さんは柊一郎さんの代わりに、方々から集めた資料を見せてあの屏風の価値は決して低くなかったのだと主張しました。とはいえ、兄の無念を晴らしたい気持ちは分かりましたが、私はそのことを最後まで認めませんでした。彼の言い分も分かりますが、なんせ四百年以上も前に描かれた屏風ですからね。十代そこその若者が簡単に価値が証明できるものではありません。あなた方のような専門家が一番よくお分かりでしょうけど」

そこまで話すと、慈海は頭を下げた。

「でも明らかなのは、柊一郎さんには悪いことをしたということです。私たちが彼を疑ったせいで、放火犯の汚名を着せられたわけです。彼の言うことを信じていれば、屏風は大切に扱われていたし、火事にも巻きこまれなかったかもしれない」

「どうか頭を上げてください。どうして今そのことを私に話そうと？」

「そうですね……私のなかでも、葛藤がありました。さっき言ったように、あなた方に会うかどうかは迷いました。最初は、訪問を断ろうと思ったほどです。しかしあの事件が長年の気がかりだったのは本当です」

慈海はしばらく深いしわの刻まれた手に視線を落としていたが、顔を上げてケントを見ながらこう提案した。

「その代わりと言ってはなんですが、あなた方のお力にはなりたいと思っています。以前の屏風がどんな様子で、なにが描かれていたのかを知りたいのでしたね？　残念ながら写真などは存在しません。さして重要な屏風だとは誰も思っていなかったからです。そしてそのまま燃えてしまった」

「残念です」とケントは答える。

「しかしあの屏風に隠された歴史を知りたいのでしたら、うちの寺には、長らく手つかずだった倉庫があります。最近、修繕と整理をしたときに、あるものが床下から発見されました。それがあなた方の求める情報なのかは分かりませんが、まずはご覧いただきましょう」

慈海はゆっくりと立ちあがった。


小僧とともに慈海は堂内を出て、庫裏《くり》と呼ばれる居住空間を通りすぎた。さらに輸入車が駐車されたスペースの裏手へと回る。すでに太陽は高く昇り、蟬の声も大きくなっていた。裏手の木々に囲まれていたのは、古い土蔵だった。

興心寺ほどの歴史ある寺院の土蔵だ。なにが眠っているのだろう。

そう思いながらなかをのぞくと、おびただしい数の桐箱が整然と並んでいた。夏の暑さと湿度にもかかわらず、内部はひんやりと爽やかな空気に満ちている。小僧は先に立ってなかに入ると、慈海の指示でいくつかの大きな桐箱や段ボール箱を動かし、その奥からあるものを引っ張りだした。

「こちらです」

見るからに古そうな、高さ数十センチ、幅五十センチほどの木製の簞笥《たんす》だった。近づいてみると、簞笥というよりも金庫に近く、鉄で補強されている。なにより特徴的なのは引きだしを施錠する、巨大で頑丈そうな錠前だった。晴香にとって目にしたことのない形状をしていた。

「和錠ですね」

ケントは手にとるまでもなく呟き、慈海は肯いた。

「このように和錠がかかっているので、開けられずにいました。歴史の専門家に見せるのはこれがはじめてです。なにが入っているのかは不確かですが、私は以前先代から『光球院には狩野派に関する重要な文書がある』と聞いたことがありました」

「それで、このなかに手がかりがあるのではないか、とお考えなのですね。もちろん、鍵は探したわけですよね？」

「ええ。それだけではなく、市内にいる鍵師数名を呼びましたが、全員がお手上げで、かんぬきを切断しなければ開けられないと口を揃えました。しかしそれでは和錠の価値がなくなってしまう」

「力ずくでこじ開ける気はないのですね」

「当然です。和錠もまた、大切な家財ですから」

慈海の意思は固いようだった。

「あなたが評判通りの修復士ならば、不可能ではないはず。私たちも気がかりが解消されて助かります」

「分かりました、必ず解いてみせましょう！」

ケントが突然普段の軽い調子に戻ったので、晴香は内心大丈夫だろうかと思う。しばらく錠前を検分したり、写真を撮ったりしたあと、立ちあがって「また連絡します」と告げると、彼はあっさり土蔵を出ていった。

＊

興心寺をいったん離れると、ケントは「行くべきところがある」と、ふたたびタクシーで京都駅に向かった。電車に乗る前に、駅近くのラーメン店で空腹を満たす。人通りの少ない裏路地の店だったが、昼時とあって二人が入店した直後に行列ができた。

注文を終えたあと、柊一郎というケントの伯父の話になった。ケントは老住職に答えた通り、日本画家だった親族のことを知らなかった。そもそもケントの知る限り、桂二郎は実家とは疎遠であり、日本に帰っても足を運ばなかったという。

ケントはグラスの水に口をつけ、カウンターの向こうを見やる。

「俺が生まれた頃、もう伯父は他界していたからね。でも父に年の離れた兄がいて、若くして亡くなったというのだけは、母から聞いていたよ」

目の前のカウンターに丼が二つ置かれた。

さっそく手を合わせて、箸を割る。ロンドンでもラーメンは食べられるが、京都のさっぱりしたスープは格別だった。

「とはいえ、今はあの錠前を開けることに集中しよう」

そうですね、と麺をすする。

「あんなややこしそうな鍵でも開けられるなんて、さすがスギモトさん」

「無理に決まってるだろ」

さらりと即答され、晴香はやはりかと狼狽えた。

「どうするんですか、あんなに自信満々に開けるって言っちゃいましたけど？」

「簡単だ、開けられる人物を連れていけばいいんだ」

「でもあの住職だって、これまで市内の鍵師を何人か当たったそうですけど」

「京都市内だろ？　範囲を広げればいい。和錠の歴史は京都が中心じゃないからな」

ラーメンを食べ終えたあと、京都駅からケントが向かったのはＪＲ三ノ宮駅だった。信頼できる鍵師が神戸市内にいるらしい。昼下がりの空いた車内で並んで腰を下ろし、晴香は和錠について改めてケントに訊ねる。

「そもそも和錠って、いつ頃生まれたものなんですか？　弥生時代とか？　けっこう昔からあるイメージですが」

「この国では、海に囲まれた安全な土地柄と、農耕社会のおだやかな国民性ゆえに、錠前や鍵は長いあいだほとんど用いられていなかったんだよ。正倉院では中国から伝来した海老錠が最古の鍵として保管されているけれど、この国の完全オリジナルの鍵は、江戸時代になるまでつくられなかった」

「へー、意外ですね。でも鍵そのもので言えば、歴史はもっと古いですよね？」

「そうだよ。紀元前二〇世紀に存在した古代エジプトのカルナックには、すでに鍵の記録が残っている。いわゆるエジプト錠というやつだ」

晴香はスマホで検索してみる。原始的な見た目でありながら、複雑な構造を持った錠前がすでに考案されていたと分かる。

「つまり、日本は鍵の後進国だったわけですか」

「それなのに、江戸時代に急に発展したわけだ。それを一般的には『和錠』と呼ぶ」

晴香は腕組みをして、「なるほど」と唸る。

「でもどうして江戸時代に？　スギモトさんの話によれば、鍵の技術って平和な世の中では発展しないわけですよね？　それなら、天下泰平だった徳川幕府の時代にどうしてたくさんつくられたんですか」

「少し考えれば分かることだ」とケントはサングラスをとった。「戦がなくなると、鎧兜《よろいかぶと》や鉄砲刀剣をつくっていた職人たちが、つぎつぎに仕事を失くすだろう？　戦国時代では大活躍していた分、その失業率は半端じゃない」

「ということは、昨日檀さんに見せた海老の自在置物が発展したのと同じ経緯なわけですね！」

ケントは肯いた。

「平和な世の中だからこそ、市民の生活も豊かになる。とくに江戸中期になると商人が増えて、財産を大切にしまっておくために、土蔵が民家に多く建てられた。だからこそ、逆に鍵の需要が高まったというわけだな」

オランダやポルトガルといった海外からもたらされた鍵を参考にして、金属加工の盛んだった徳島、高知、鳥取、広島などで、その地域独特の和錠がつくられるようになった。いずれも地名にちなんだ名前がつけられた。

ただし、いずれの和錠も、ずいぶんとおおらかな造りだった。ヨーロッパの鍵師が試行錯誤し、複雑な構造を考案したのとは対照的な特徴である。むしろ日本の鍵師たちは、手先の器用さを開けにくさに生かすのではなく、装飾や造形の美しさといった見た目に生かした。

「待ってください」と晴香はケントの話を遮る。「それなら、今回の和錠もわりと簡単に開くはずなんじゃ？」

「いや、物事はそうシンプルにはいかない。たぶんあの和錠は、からくり錠だから」

「からくり錠？」

「和錠のなかでも、錠前の外部ではなく、内部の構造に工夫を凝らし、開錠作業を複雑化した、遊び心に満ちたものだよ。たとえば、鍵が何本も必要だったり、鍵穴が複数あって差し込む順番や回す方向まで決まっていたりね。なかには、鍵穴自体が隠されたり、いろいろなパターンがある」

「遊び心に満ちている、ですか……」

晴香は似たような話を、以前にどこかで聞いたことに気がつく。大英博物館で働いていた頃、和時計のコレクションを修復したときだ。あのとき、修復を依頼した外部の時計師、那須《なす》から「和時計には遊びの感覚がある」と聞いた。

あの時計師は元気にしているだろうか――。

なつかしむ晴香に、ケントはこうつづけた。

「ヨーロッパで優れた錠は、使いやすくて開けにくいとされる。その点、日本のからくり錠は、開けにくいうえに使いにくい。実際に使用される道具としてではなく、人を驚かせる鑑賞品としての役割を強めたわけだ」

そんな話をしているうちに、電車は大阪市内を通過して、神戸の街に入った。やがて下車した三ノ宮駅のホームからは人々の行き交う繁華街が見え、夏の熱気のなかにかすかに潮の香りがした。

ケントが向かったのは、シャッターで閉ざされた高架下の商店街だった。

「この鍵屋だよ」

店構えは数メートルほどの幅しかなく、二人で足を踏み入れればいっぱいになってしまうほど、こぢんまりした店内である。カウンターの向こうでは、壁から掛かった大量の鍵や錠に囲まれて、小柄な高齢女性が居眠りをしていた。

頭上からは電車の走り去る音が、定期的にガンガンと響いてくるのに熟睡だ。

「ご無沙汰しています」

ケントが声をかけると、女性はやっと目を開けた。

改めて見ると、化粧が濃く、白に近い金髪をソバージュ風にふくらませ、全身ジャージという風貌である。彼女が向かっている机のうえには、山のように吸い殻の盛られた灰皿があった。

「あら、珍しいお客さんじゃない」

しわがれた低い声で言い、笑みを浮かべる。

「憶えていてもらえてよかったよ。りっちゃんに頼みたいことがあってね」

「それより、日本にいるなんて知らなかったけど？」

「仕事で少しのあいだ滞在してるんだ」

二人は旧知の仲らしく、親しげにやりとりをした。ケントは彼女のことを「自分が知るなかで世界一の鍵師」と言っていたが、その正体が高齢の女性だとは意外だった。

「こちらは、那須律子さん」

那須、という苗字に晴香はすぐにピンとくる。

「ひょっとして、あの那須さんの――」

「そうだよ、以前、和時計の修復をお願いした、スイス在住の和時計職人の妹さんだ。お二人とも神戸市出身で、手先が器用でね」

思いがけない出会いに、晴香は目を丸くする。兄は和時計を、妹は和錠を扱っているなんて、まるで兄は高跳び選手で、妹は走り幅跳びの選手とでもいうような、すごい兄妹ではないか。

「兄がお世話になったようだけど、兄よりも私の方が桂二郎さんとの付き合いは長いんだよ。なんせ兄を桂二郎さんに紹介したのは、私だったんだから。二人とも古い鍵をコレクションするのが趣味で、骨董店を練り歩いていたら知り合った。桂二郎さんが入手した和錠を、私が開錠してあげたってわけ。その頃は、まだケントくんも小さかったね」

「りっちゃんから習ったピッキングは、いまだに役に立ってるよ」

「そりゃ、結構」

律子はなつかしそうに目を細めると、椅子から立ちあがった。そして晴香に向かって「よかったら、うちの錠前コレクションを見ていってちょうだい」と言い、カウンターの奥にある地下へとつづく階段に招きいれた。


地下階をのぞくと、晴香は「あっ」と声を上げた。地下には、狭い店内からは想像もつかない大空間が広がっていた。壁には金属の格子が張りめぐらされ、隅々まで錠前が吊るされている。壁だけではなく、おそらく律子の作業机だろう、道具が並んだ机のうえやその周囲を囲む棚にも、ありとあらゆる錠前の類があった。

「ずいぶんと増えたもんだな」

ケントが感心を通りこした口調で言うと、律子は「でしょ？」と両手を頰に添えて「どれも可愛い子たちだから、捨てられなくてね。じっくり見ていってあげてちょうだい」とほほ笑む。どうやら相当の鍵オタクのようだ。

「すごいですね」

晴香の率直な感想に、律子は煙草に火をつけてから答える。

「小さい頃から鍵に魅せられてしまってね。鍵には必ずそれに合った鍵穴や錠前があるでしょ。ひとつの錠前につき、たったひとつの鍵が存在する。どんなにミステリアスな錠前にも、必ず答えとなる鍵があるわけ。その運命のような関係性が大好きだった。それで鍵屋で働くようになって、今に至る」

律子の語りは止まらなかった。

手元にあった、一見して鍵らしくはない木彫りの人形を取って「これはアフリカの木製錠でね。人型になってて、面白いでしょ？　でもれっきとした錠で、こういう風に人が守り神の役割を果たして、呪詛による心理的な防盗性もある」と撫でる。

他にも、似たような形状の錠前がずらりと並べられていた。ヨーロッパで使用されていたそれらの錠前は、いくつかの様式に分けられるらしい。錠前にも様式があるとは知らなかった晴香は、興味深く耳を傾ける。

日が暮れるまで話しつづけそうな律子を遮って、ケントが切りだす。

「今日ここに来たのには理由があるんだ」

律子はわれに返ったように、「そうそう、お願いがあるとか？　錠前を開けてほしいのなら、どんなものでも九割はできるよ」と訊ねる。経緯を説明するケントの話を、はじめのうちは涼しい顔で聞いていた律子だが、いざスマホの画像を見せられたとたんに、表情を曇らせて「こりゃこりゃ」と唸った。

「見たことはある？」

「阿波《あわ》錠の一種だね。ただし、かなり特殊な」

阿波錠というのは、さきほどのケントの話にもあったように、産地別でつくられる和錠だった。阿波国、つまり現在の徳島県でつくられたのが阿波錠である。

「でも産地が分かれば、類似の錠を見たことがあるんじゃ？」

「いんや」

律子は大きく首を振った。

「しかもね、この阿波錠は、ただのからくり錠じゃない。特別な設計図でつくられた、いわば職人技の傑作ですよ。おいそれと開けられるもんじゃないね。私が言うんだから間違いない。どうせ今の今まで、ずっと開かなかったんでしょ？」

「その通りだよ」

「ほんなら、負け戦はしたくないね」

律子は意外なほどあっさりと断り、スマホをケントに返した。

「待ってよ。りっちゃんでも無理なら、この和錠は二度と開かないことになってしまう。そうなれば、この先心ない誰かの手に渡って、無残にも閂《かんぬき》を切られてしまうかもしれない。それでもいいの？　これだって可愛い錠前だろ？」

そりゃそうだけど、と律子は険しい表情を浮かべる。

「かわいそうだとは思うけど、仕方ない。持ち主が鍵を失くしてしまったんでしょ？　しかも仮に解錠できたとしても、うちに来てくれるわけじゃないときた。そうなったら、単なるボランティアじゃないの」

「いや、もちろん謝礼は払うよ」

「でも戦利品がないんじゃ、私は興味がないね」

律子は見返りとして、からくり錠そのものを求めているのだった。しかし和錠の門を切断するよりも開けられない方がマシだ、と言っていた慈海が許すとは思えない。あれほど壊すのを嫌がるのは、大切にしている証拠だ。

せっかくここまで来たのに。律子の反応からして、興味を引かれていないわけではなさそうだ。しかしこのまま首を縦にふってくれる気配はない。兄の那須にも似て、頑固者のようである。

そのとき、晴香の脳裏にあることが浮かんだ。

「あの、じつは先日、蚤《のみ》の市で見つけたものがあるんです」

スマホに保存した写真を探しながら、晴香はふり返る。

ヘルからチッペンデールの椅子を受けとったあとも、晴香はヘルの家に作品を運ぶなどして通っていた。そんな折、偶然小さな教会で開催されていた蚤の市を通り過ぎた。時間の無駄だというヘルを強引に誘いだし、露店をひやかした。

ほとんどの露店を素通りしていたヘルが、唯一足を止めたのが、とある鍵専門店の前だった。売られていた錠前を手にとって、店主に値段を聞くと、百ポンド近い値段がつけられていた。ずいぶんと高いなと思った晴香に、ヘルは現金を持っているかと訊ねた。

――買っておけ。

ヘルがそう言うのなら、と晴香はその通りにしたのである。忙しくて、その錠前について調べるのは後回しにしていた。でもあのときのヘルの表情は騙そうとしているわけでも、こちらをからかっているわけでもなさそうだった。

記録写真には、アヤメの紋章がアラベスクのようにくり返された、いかにも装飾的で貴族趣味の錠前がうつっていた。金属は劣化していぶし銀になっているが、ところどころ金が用いられているらしく、きらきらと輝いている。

「しし、信じられへん！」

律子は目の色を変えると、晴香からスマホを奪って穴が開くほどに見つめる。

「これは……これは……ルイ十六世がデザインした幻の錠前じゃないの！　設計図が残っているから、今では多数のレプリカが流通してるけど、あまりに複雑な構造のせいで当時は数えるほどしかつくられなかった――」

「あの、ルイ十六世ってたしかマリー・アントワネットの夫で、フランス革命で処刑された王様でしたっけ」と晴香は慌てて訊ねる。

「そう。でも処刑されたことばかりが悪目立ちして、稀代の錠前好きだった事実は知られてないのよ。あまりに作業に没頭しすぎたせいで、王妃マリーから苦言を呈されたほどだったって。錠前づくりに対する情熱は尋常ではなく、処刑を待つ牢獄のなかでも錠前をつくっていたという逸話が残っている」

「自分が囚われているのに？」

となりにいたケントが引き取って「ああ」と肯く。

「有名な話だよ。ルイ十六世にまつわる錠前は、数多くいる錠前愛好家のなかでも、夢のような存在として知られる。構造はシンプルでも、その錠前に秘められた物語が、あまりにも凄惨だからね。晴香、いったいどこで手に入れた？」

「ロンドンの蚤の市です。ヘルから買っておいた方がいいって言われて」

答えると、律子は腕組みをして言う。

「さすが英国！　産業革命以降、ありとあらゆる錠前のアイデアが生まれた英国は、錠前の博物館といってもいいほど豊富な種類が眠っている。王家の紋章といい、デザインといい、今まで何度となく目にした設計図と、瓜二つじゃないの。しかも見たところ、かなりの年代物そうだし」

「あの、例の阿波錠を開けてくださった場合、ルイ十六世の錠前は律子さんに差しあげると言ったら、引きうけてもらえますか？」

ケントと同じような手を使うとは思っていなかったが、背に腹は代えられない。

「やろうじゃないの」と律子は呟いた。

「そうこなくちゃね、りっちゃん」

ケントも指を鳴らし、晴香に片目をつむってみせた。

それにしても、今回の旅はトレカの試合みたいだなと思う。その試合に勝ちぬいて交渉を成功させていく。しかしよく考えれば、骨董の世界そのものが、よりよいものを入手する交換ゲームなのかもしれない。


イギリスに帰国する前日に、律子と寺を訪れて開錠作業に入ると約束した。万が一開かなかったことを考えると、本当に最終日で大丈夫なのかと心配したが、開錠の前になにかと準備を要するという。

不安になる晴香に、ケントはこう囁いた。

「りっちゃんはただの関西のおばちゃんに見えて、数えきれないほどの錠前を攻略してきた『神の手を持つ』と言われるすごい人だよ。最近は、どんなにお金を積まれてもやりたい仕事以外は引きうけないらしい。やると決めた以上、確実にこなしてくれるはずだ」

晴香はその言葉を信じることにした。

興心寺を再訪するまでに、晴香たちは市内の問屋をめぐって、屏風の復元に必要な材料や道具をそろえることにした。

その夜、日本でしか食べられないものを、と律子が選んでくれた店は、元町界隈にある寿司屋だった。神戸といえば、洋食や洋菓子といった西洋のグルメのイメージが強かったけれど、瀬戸内海や明石港から水揚げされた海の幸を堪能できる名店も多いという。

「お寿司、食べられるんでしたっけ」

以前、ケントに寿司屋に行きたいと言ったら、やれアニサキスだの水銀中毒だのと文句をつけて、結局連れていってくれなかったことを思い出し、ちくりと刺してみる。するとケントは「君も根に持つ女だな。日本の魚は信頼しているんでね」と涼しい顔で答えた。

回らない寿司店で久しぶりに食べる新鮮な生魚に、晴香は涙をこぼすほどに感激した。ケントから「いくらなんでも大袈裟だ」と呆れられたが、律子からは「おもろい子じゃないの」と食べっぷりを気に入られた。

律子が桂二郎と出会ったのは、鍵師を志してまもない頃だったという。当時から腕はたしかだった律子のもとには、仕事が多く舞いこんだ。しかし仕事をつづけるにつれ、鍵を失くしたのでドアを開けてほしいというまともな依頼だけではなく、出自の分からない金庫を持ちこまれるようになった。

「その頃は、私も食べていくのがやっとなくらい、お金に困っていたから、どんな錠破りも引きうけていた。情けないことに、気づけばその弱みにつけこんだ輩のせいで、厄介な事態に巻きこまれていてね」

律子は詳細を語らなかったが、間接的に犯罪に加担させられたらしい。引くに引けぬ状態に陥ったときに、手を差し伸べてくれたのが桂二郎だった。律子がよからぬ連中と縁を切る手助けをして、代わりに仕事をくれたという。

「同世代なのに、あんなにしっかりとビジョンを持った人と出会うのは、私の人生ではじめてだったから、ずいぶんと影響を受けたわね。もうバカなことはやめて、自分の技術に誇りを持って生きていこうと思えたのは、あの人のおかげよ。だから桂二郎さんは私にとって恩人」

律子の話を、ケントは日本酒を飲みながら静かに聞いていた。

「桂二郎さんの話になってから、急に口数が減ったね」

「そうかな?」

「ちゃんと仲良くしてる?」

ケントは日本酒のおちょこをコトリと置いて、「してますよ」と答えた。「ただこの年になれば、お互いの考えがあるからね」

「そうかしらね。でもこれだけは言っとくわ。あなたのお父さんは、たしかに世間的には悪いことに手を染めた時期もあったかもしらん。でも新しい場で新しいことをしようとすれば、綺麗ごとだけじゃ済まないもんよ。私だってあの店を開いたときに思い知った。なんのうしろ盾もコネもなくはじめるってのは、なんだって大変。ましてや、あなたのお父さんは異国に渡ったうえに、骨董商なんていう一筋縄ではいかない世界に、無謀にも飛び込んでいったわけだから」

晴香には、律子の言う「世間的には悪いこと」がなにを指すのかは分からなかった。無言で律子の話を聞いていたケントは、ふっと息を吐いた。

「たしかに、無謀っちゃ無謀だね」

「でもそんな無謀さこそ、骨董商の素質でもあるわけよ。ケントくんもそれを肌で知っているからこそ、名門博物館を辞任したんでしょう？　公的な機関にいても、本当のところで実現できないことがあるから」

律子の鋭い指摘を、ケントは黙って聞いていた。二人の様子からして、ケントにとって律子は日本にいて自分を理解してくれる、数少ない存在なのかもしれないと思った。

＊

翌日の十八時を過ぎてから、材料集めを終えた晴香は、ケントと別れて、野上の工房に向かった。食事に行く流れになったが「今夜は用事があるので」と曖昧に断った晴香に、ケントはどんな用事なのかも訊かずに「分かった」と答えた。その素直さが逆にあやしくもあったが、いちいち気にしていても仕方ない。

野上の工房は、古い民家の立ちならぶ閑静なエリアの一角にあった。もとは野上の実家だった表具屋をリフォームしたといい、今では国内だけでなく海外からも表具の技術を求めて人が訪ねてくる。

晴香が知る限りでは、野上と長年仕事をしているベテランの職人から、見習いとして入っている若いインターンまでが働いている。総務担当のスタッフと合わせれば、総勢二十名ほどだ。

古民家風の外観だが、モダンな内装の工房に一歩足を踏み入れると、帰ってきたという安心感を抱いた。晴香がこの工房に戻ってきたいと思っていた一番の理由は、実家によく似た気配がするからだ。

手で漉《す》いた紙の香りや、職人たちの漂わせる空気感。最初に見学に来たときも、はじめての場所とは思えないほど居心地がよかった。こうやって修復を生業にしている人たちの現場を知って、興奮したのを憶えている。

入口付近で作業をしていた職人は、晴香の顔を見るなり再会を喜んでくれた。野上と約束していると告げると、応接室に通される。主に客から作品を見せてもらい、どのように仕立て直すのかを話しあうこぢんまりとしたスペースだ。また、そこは晴香にとって思い出深い場所でもあった。

——大学を卒業したら、ここで働かせてもらえないでしょうか？

そう切りだしたのも、この応接室だった。晴香は二十歳そこそこで、右も左も分からなかった。今思い返しても、前のめりだった晴香の熱意を、野上は受けとめてくれた。若い職人が減っている状況で、そういった申し出はありがたい、と。

——ただし、糸川さんはまだ若い。うちの工房に今すぐ入ることが、最善の選択と言えるでしょうか？　もちろん、うちで働いていれば、修復士としての腕は上がるでしょう。しかし腕が立つだけでは、職人として生き残れるとは限りません。修復は単に目の前の疵を直すことじゃないからです。あなたに今必要なことは、広い視野を持つための土壌づくりかもしれませんね。

久しぶりに同じ場に戻って、おぼろげだった記憶が鮮明になり、晴香は今まで誤解していたことを恥ずかしく思った。野上はあのときダメ出しをしたわけでも、自分を切ったわけでもなかった。若くてなにも分かっていなかった自分に、さらに新しい世界への扉を開けてくれたのだった。

やがて応接室に、野上が現れた。

「京都での調査は、順調に進んでいますか？」

「はい、初日に檀さんの骨董店にいって、情報を仕入れてきました」

「檀さん？」と野上は目を丸くした。「あの人が情報をくれるとは意外ですね。悪い人ではありませんが、秘密主義で有名ですからね。私も一応話を聞いてみましたが、なにも教えてもらえませんでした。いやはや、あなた方に上を行かれましたね」

野上はそう言いながらも、まったく悔しそうではなく、むしろ檀の情報などはじめから必要ないと思っていそうな気配があった。ひょっとすると、野上と檀は以前から良好な関係ではなかったのかもしれない。

「先日は急にあんな誘いをして、驚かせてしまいましたね」

「いえ、そんなことは！　むしろ改めてすみません」

「謝る必要はありませんよ」

野上はほほ笑むと、冷たい緑茶をすすめた。

「私も糸川さんにまた会えて、とても嬉しかったです。しかも以前よりも、すごくしっかりして見えましたよ。パトリシアをはじめ、イギリスの人たちともうまく渡りあっていて感心しました」

「そう言っていただいて、ありがとうございます」

「本心からそう思ったんです。あなたにイギリス行きを提案してよかったな、と。それで糸川さん。改めてお願いしますが、あなたが学んだ経験を、どうかうちの工房で生かしてもらえないですか？　諦めが悪いと思われるかもしれないけど、一度ちゃんと考えてほしいんです」

晴香は恐縮しながらも、なぜそこまで野上が自分を高く買っているのかが分からず、ひとまずこう返す。

「あの、どうして私なんでしょう？　修復士としても未熟ですし、日本の研究機関で働いていた経歴もないのに」

「ストーク・オン・トレントでも少し話した通り、私たちの工房が今求めているのは、腕の立つ職人ではないんです。むしろ、ただ腕が立つだけでは、多くの職人が仕事を失っているのが現実ですからね」

野上は息を吐いて、ガラス越しに見える作業スペースに視線をやった。

「イギリスにいるあなたには、あまり実感はないかもしれませんが、修復の仕事はこの国では減少の一途をたどっています。危機的な状況にあるといってもいい。日本人は骨董をほとんど買わなくなりました。お金があっても、古いものを愛でるのではなく、新しく安価なものに流れる傾向があります」

野上いわく、日本の現場が厳しいのには、もうひとつ大きな理由があるという。国内の博物館や美術館は、年々予算が削減されているところが多く、専属の修復士を雇うほどの余裕がない。野上のような外部の修復士が出張に行くことはあっても、継続的に作品をケアする土壌は整っていないという。

「ただし、活路もあります。今では日本人のコレクターよりも、海外のコレクターから表具をしてほしいという発注が増えているんです。だからこそ、糸川さんに声をかけた次第でした。恩を感じる必要はまったくありませんが、私たちには今あなたがいてくれたら助かるなと思って」

晴香は野上の話を聞きながら、いくらいい和紙をつくれても、商売がうまくいかないという理由で店を畳まざるをえなかった両親のことを思い出していた。両親のようなケースをひとつでも減らすために、修復士になったのだ。そして今、手を貸してほしいと求められている。だったらその誘いを受けるべきではないのか。

「それに、糸川さんは自覚していないかもしれませんが、あなたはやはり、こちら側の人間だと思いますよ」

晴香は戸惑いながら「こちら側？」と訊ねる。

「ええ、日本の伝統技術を守るという使命を背負った人間です。小さい頃から和紙の技術にふれてきたからこそ、その大切さを理解している。だからこそ、あなたにはそれを扱う権利があるんです。それは万人に与えられた権利ではない。と同時に、国や企業はこちら側に経済的に協力すべきだと私は思っています。それが社会の責任というものだから」

学生時代には聞いたことのなかった野上の哲学に、晴香はつい面食らった。

沈黙が流れ、ひとまずこう答えておく。

「あの……もう少し考えさせてもらえますか？　私が修復の道に進んだのは、先生と出会ったからです。イギリスに行ってからも、ずっと先生の存在が頭にありました。だから後悔しない答えを、きちんと出したいんです」

野上は表情をやわらげて、お茶を手にとった。

「真面目なところは、うちで見習いをしていた頃から変わりませんね。その点もすごく安心します。もちろん、こちらも急いではいませんから。どちらにせよ、今回の対決が終わるまでは転職も難しいでしょう。答えは決着がついてからで構いません。では、よければ帰る前に工房を見学していってください」

野上は立ちあがって、応接室のドアを開けた。

一時間ほど野上と工房を見学しながら、ベテランの職人たちと再会を喜び、晴香は滞在を楽しんだ。しかし工房をあとにしたとたん、ケントにこの件を隠していることが頭をよぎり、急に良心が咎めた。

今回の誘いにのった場合、デメリットははっきりしている。

ケントとのパートナー関係が終わりになるとしたら、おそらく二度と英国で修復士として活躍することはないだろう。また大きな組織にうつれば、仕事の仕方も変わる。ケントとの仕事では、さまざまなトラブルに見舞われるものの、自由度が高く、自分のペースで好きなだけ集中できる。そのことは晴香も気に入っていた。

ケントのパートナーにふさわしい一人前の修復士になることが、当面の晴香の目標だった。誰かの補佐をし、誰かの足りないところを埋める方が、主体的に動くよりも得意だということも強く自覚していた。だからこそ、ケントと組んでいると晴香はやりがいがあった。

——こちら側の人間。

野上の一言も引っかかっていた。

しかし晴香の心は、ここに来る前よりも大きく揺れている。

晴香の根本にあるのは、昔の両親のように困っている人を助けたい、とくに金銭的には測れない価値を持った文化的なものを守りたいという原動力だった。そしてそれを教えてくれたのは、他ならぬ野上である。今ここで野上からのスカウトを蹴れば、恩を仇《あだ》で返すことになるだろう。

野上は「恩を感じる必要はない」と言ってくれたけれど、晴香が腹をくってロンドンでやっていく決意を今まで下せなかったのは、うしろめたさのせいだった。今こそ日本の伝統産業に貢献するために、帰国するべきなのではないか。

――無理にロンドンにいてほしいわけじゃない。

ケントから突き放されたことが頭をよぎり、晴香はため息を吐いた。なにより晴香が悩んでいるのは、結局は一方通行の片思いであるせいだ。もしケントからはっきりと「野上のところに行くな」と言われていれば、状況は全然違っただろう。しかし現実は、それどころか「好きにすりゃいい」というスタンスである。自分はケントにとってなんなのだろう。このままでは彼を中心にして回りつづける惑星であり、彼の引力に自分を見失ってしまいそうだった。

＊

約束の日、朝から律子とともに興心寺に向かった。

律子に開錠を頼んだ阿波錠は、「凸」の字を上下逆さにしたような形状で、十センチは超える巨大さで重みもあった。上辺に閂があって、その下にどこか見憶えのあるボタンのような装飾が、四ヶ所施されている。

鍵穴が見当たらないと思っていたが、律子はボタン状の装飾を横にスライドさせた。すると陰から、鍵穴がひとつずつ現れた。形状の違う合計四つの鍵穴があるので、それぞれに鍵が必要なようだ。

律子は鍵を再現するためのピッキングの道具を広げた。とくに目を瞠《みは》ったのは、先端が「Y」字や「F」字といったさまざまな形をした、金属製のピックのセットである。いずれも和錠用に手づくりしたといい、十種類は超える。

特殊な眼鏡をかけた律子は、それらを組み合わせて、鍵穴の形を探っていった。また手応えを確認しながら、真新しい直線型のピックをバーナーで焼き、その場で手際よく即席のピックをつくっていく。何本かの細いピックを小さな穴に差し込む様は、まるで手術中の外科医さながらに緊張感があった。

一つ目の穴を探ること一時間ほどして、カチャリという音が鳴った。

「開いた！」

律子の手際のよさに、晴香は「すごいです！」と歓声を上げた。二つ目と三つ目の穴も同じく一時間ほどで順調に音が鳴り、四つ目の穴に取りかかる。このままいけば、予定より早く作業が終わるのではないか。そう期待していた矢先に、律子が「こりゃこりゃ」ととつぜん手を止めた。そして、すべてのピックを鍵穴から抜いた。

「どうしました？」

「この和錠をつくった人には、さらに上を行かれたわ。四つとも順番を守らないと、開かないような仕掛けになってるね」

もう少しで開くと思っていたのに、と晴香はじれったくなる。いっそ閂を切ってしまいたくなるが、和錠は貴重な骨董品であり、閂が切られているものと美しく残っているものとでは雲泥の差の価値になるのだ。

「鍵穴は四つあるから、単純計算しても二十四通りもありますね」

「アホなこと言っちゃいけないよ」と律子は厳しく言う。「この箪笥は江戸時代につくられたもので、二十四回もピッキングするなんて耐えられるわけがない。本音を言えば、一発で当てたいところやね。もし内部の構造が壊れてしまえば、それこそ二度と開かなくなる。不用意に触らない方がいい、絶対に」

「ヒントはないのかな？」

ケントはこの日、朝から調子が悪いのか、ただ見守っているだけだったが、やっと口をひらいた。律子は考えを巡らせるように、目をつむって答える。

「たいていの錠前は、類似品があって手がかりも掴めるけど、からくり錠の場合は唯一無二の仕掛けになってるからね」

　さすがの律子も、順番までは分からないという。それでも糸口を掴めればと、黙々と作業をつづけ、あっというまに昼過ぎになった。休憩をとることにして、晴香は律子にペットボトル飲料を手渡した。

「焦っても仕方ない。作戦を変えた方がいいかもしれないね。こういう和錠は、開けるべき者だけに分かるように、錠前のデザインそのものを工夫している事例もある。たとえば、鍵の場合は、それを持っていれば誰でも開けられるでしょ？　でもダイヤル錠や指紋認証のように、その人にしか開けられない仕掛けの錠もある。それと同じで、秘密の番号や手がかりがあるかもしれない。この箪笥は興心寺や京狩野に関わるものなんでしょ？　デザインをよく見て、なにかピンとくることはないわけ？」

「どうでしょう……このボタンの意匠には見憶えがある気はするんですけど」

　律子に言われて、晴香は改めて和錠を観察した。最初に目にしたとき、どことなく既視感を抱いていた。集中して記憶をさかのぼるうちにピンときた晴香は、スマホを出して答えを確かめる。

「これ、見てください！　あの屏風に使われていた散鋲《さんびょう》と同じじゃないですか」

散鋲とは、屏風の側面部に使用される留め金だ。絵の額縁と同じように、屏風の縁には漆塗りされた木の枠がつけられる。そしてその枠を内側の桟に打ちつけるのが、散鋲などの錺《かざり》金具である。

通常は六つ打たれるが、あの屏風には四つしか打たれていなかった。しかも四つとも花を表しているが、微妙にデザインが違う。上から下に従って、四季を象徴する花が並んでいるので、鍵穴も季節の巡りに従って差しこむということなのではないか。

その仮説に基づいて、律子はふたたびピックを鍵穴に合わせていった。四つ目を開錠したとき、カチリという心地のいい音とともに、和錠のかんぬきがすっと抜けた。作業開始から五時間以上が経過していた。

律子にねぎらいの言葉をかけて、ケントは引き戸を開けた。

箪笥のなかは、いくつかの引き出しになっていた。一つずつ確かめるが、どれも空っぽである。「せっかく開けたのに」と晴香は拍子抜けする。しかし冷静に箱のなかを観察していたケントが、一番下の段の底に空洞があると気がついた。ぽんと手の平で叩くと、底が簡単にとれた。

隠された空間に、一本の巻子本《かんすぼん》が入っていた。外側を包む織物はすり切れて変色し、数百年は時間を経ていそうな古びを帯びている。しかし開かずの簞笥のなかで、ずっと保管されてきたおかげか、虫食いの跡や風化した部分はほとんどなかった。

「拝見してもいいでしょうか」

「ええ、住職からも許可は下りていますので」

小僧も興奮した面持ちで肯いた。

晴香とケントは、巻子本をひもとく準備をはじめた。白くて清潔な布を畳に敷いて、そのうえで巻子本をゆっくりと広げていく。まず目に飛び込んできたのは、墨の線だけで簡易に描かれた、見憶えのある構図だった。

「まさか、あの花鳥図の縮図？」

「まさしく」

「ただ、これだけ小さいと、構図の詳細は分かりませんね」

「それでも十分な手がかりだよ」

縮図とは、作者本人ではない第三者の絵師による、作品のうつし描きである。わずかに淡彩のある縮図もあるが、たいてい画面は墨一色で簡略化されている。原本を忠実にうつす模写や、作者本人が練りあげる下絵とは違って、第三者の主観にもとづいて制作される。とはいえ、復元の大きなヒントには違いない。

「でも今は縮図のことはさておき、そのあとに書かれた文面を確認しよう」

ケントは巻子本の先を慣れた手つきでほどきながら呟いた。

「なにが書かれておりますか？」と小僧がうしろから、好奇心に勝てない様子で訊ねた。

「これは……狩野光信から、山楽に宛てられた手紙ですね」

小僧はケントの答えを、すぐさま慈海に電話で報告しにいった。二人は慈海から目を通してもいいという許可を与えられ、巻子本に書かれた文字を解読しはじめた。日が暮れるまで試みられ、つぎのような内容が分かった。

＊

慶長十三年

京都はもう紅葉の頃でしょうか。江戸は徳川による町づくりの真っ最中で、活気に満ちています。しかし私は、しばらく体調を崩しており、二度と京都には戻れないでしょう。そんな覚悟で、あなたに最後に伝えておきたいことがあります。

織田、豊臣、徳川と、時の権力者がつぎつぎに変わり、狩野家の情勢もこの数十年で目まぐるしく変化しました。多くの人がわれわれと関わり、多くの事件が起こるなか、あなたはその都度、滅私奉公で対処してくれましたね。

誰よりも狩野家に忠義を尽くしてくれたあなたに、私は心から感謝しています。その証として贈りたい屏風があります。私の死後もどうか末永い一族の繁栄を祈って、あなたにこの手紙をしたためます。

その屏風とは、二十八年前に父が安土城で描いたとされる「四季花鳥図」です。

正確には、父が描いたというよりも、父が描かせてくれた作品でした。あの一点がどういった経緯で描かれたのか、安土城に滞在していたあの夜に私と父になにがあったのか、あなたにだけお話ししましょう。

あの屏風には、父の落款があります。

とはいえ、本当は安土城のなかでも、最下階で私が担当していた部屋で制作したことは、居合わせた門人の誰しもが知るところでした。しかし、じつは制作に行き詰まっていた夜に、父が私の部屋にやってきて、ともにあれを完成させることになった経緯を知る者は、私と父を除いて誰もいません。

あの夜の話をする前に、私の幼少期をふり返りましょう。

私にとって父は敬愛する存在でしたが、あまりに多忙を極めていたために顔を合わせる機会は多くありませんでした。ましてや、二人きりで時間を過ごした記憶は数えるほどしかなく、直接父から画技を習ったことは一度もなかったのです。

代わりに私を指導してくれたのは、何人もの優れた兄弟子の他、祖父の松栄さまでした。

自らは三男坊でありながら、息子の永徳の才能を早くに見抜き、家督をゆずった松栄さまは、じつは一門のなかで誰よりも絵師一人一人のことを把握していて、各々の能力を生かせるように効率よく回しておられる影の為政者でありました。

松栄さまから習った最大の教えは、描く技術ではなくものの考え方でした。

「人が時代をつくるのか、時代が人をつくるのか。どちらが真理か？」

松栄さまはたびたびそんな問いかけを私にしました。

父が生きた時代は、前者が真理でした。新局面を好む猛者《もさ》が、新しい価値観を生みだす時代です。そして父には、それだけの十分な力が生来供えられていました。だからこそ永徳様式は多くの支持者を獲得したのでしょう。

でも今は？　これからの時世は？

松栄さまは絶えず、私によく考えるようにと促しました。

「家を継ぐことは、長男である光信、おまえしかできない。家督としてもっとも大事な役割は、時勢を読むことだよ」

私は幼い頃から、父の真似をするのではなく、つぎに来《きた》る風潮や、そこで好かれるだろう画風を考えるように、と教えられてきたのです。また松栄さまは私に、こんなことも言いました。

「争いはきっと終わる。戦国の乱世や、血で血を洗う下剋上の風潮は、永遠につづくのだと悲観する者もいる。しかし人々はいずれ厭世的になり、人の野望にも限りが訪れる。そのとき、必ずこの乱世に終止符が打たれるだろう」

私はそれを聞いたとき、長谷川派などの対抗勢力を不当に阻害するために工作するような父のやり方は、近いうちに通用しなくなるのではないかと直感しました。だからこそ父の死後、秀吉さまから注文を受けた名護屋城の障壁画制作に、あえて長谷川派の絵師を招き、彼らにも活躍の場を与えました。狩野家だけではなく、長谷川家を含めたさまざまな流派が、みんなで助けあって生き残っていけるようにしなければ、真の意味での繁栄はないと考えたからです。

当然こうした私の考え方は、身内には不評でした。そんな甘ったるい考え方のもとで描かれた画など、父と比べるまでもなく弱々しくて迫力に欠ける、という陰口を叩かれていたのは、私も承知しています。あなたも私に気を遣って決して口にはしなかったのでしょうが、当然知るところだと思います。

しかし私には、どんな批判を受けようとも、迷いは一切なかったのです。

なぜなら、安土城で父と過ごした一夜があったからでした。


とはいえ、十六歳であなたとともに挑んだ安土城の障壁画制作に参加するまでは、真っ暗な迷いの最中にありました。父も私に不満を抱いているのだろう、父の顔を潰さずにいるにはどうすればいいのか、そんな不安ばかりでした。

父とは違うやり方を選択すべきだというのは松栄さまから教わった道でしたが、それをどう実践すべきかが分からなかったのです。そんな風に悩んでいた私が、父と生まれてはじめて気兼ねなく対話できたのが、安土城での一夜でした。

あの夜、とつぜん父が私の担当する部屋に現れたとき、私は進んでいなかった下図を消し、最初からやり直そうとしていました。

ところが、父の登場によって作業は中断し、私は首《こうべ》を垂れて反応を待ちました。

もっと早くに消せばよかった——。

私の頭に最初に浮かんだ考えです。父は私にとって、尊敬を超えて、畏怖の念を抱く存在でもありました。祖父には素直に話せることも、父の前ではなぜか口にできません。生まれた頃から親というよりも、一派を率いる家督として接していたのです。

とくに安土城の画業は、父にとって大勝負だとも理解していました。工房で練習として描くものとは、わけが違います。下手な真似や失敗をすれば、信長の逆鱗にふれるかもしれない。誰かが死をもって責任をとれるならまだマシな方で、狩野家全体が金輪際、筆をとれないように根絶やしにされる危険さえともなっていました。

だからこそ、あのときの沈黙ほど、恐ろしい時間はありませんでした。

父はずっと無言で、私の制作途中の襖絵を見ていました。目をつぶってみたり、部屋の中心から隅へと移動したりと、腕組みをしながらただ下図と向き合っていたのです。声をかけられるような空気でもありません。

半刻ほど経つと、父はこう呟きました。

「これが答えか？」

「え？」

「話してみなさい、おまえの考えを」

私は意を決し、これまで自分なりに懸命に思案していたことを話しました。父が大成させた大画の独自様式ではなく、初代や二代目が得意とした細画の伝統様式にこそ、狩野派の神髄があるのではないか。だからこそ、この花鳥画では細画のよさを生かしながらも、新しいものを生みだしたいのだ、と。

今から考えれば、父も悩んでいたのでしょう。さっきまでの長い長い沈黙で、父は葛藤していたのです。このまま息子の意志を尊重してもよいのか。未来の家督が、信長の好みではないものを描いたとしても、狩野家は生き残れるのか。

父は黙って私の話を聞き終えると、「余白だ」と言いました。

「おまえの考えを実現するには、余白を極めるといいだろう。二代目元信さまが確立した画法は、私もまぶたに焼きつくほどに体得している。私はそこに迫力を追加し、描いてあるものが見る者に向かって飛びだすような強さを追求したのだからね。なぜなら、戦国の乱世にはそうした画風こそが求められると確信したからだ。ただしその根底には、つねに二代目の画法が基礎としてあった。だからおまえがやろうとしていることも、私には理解できる」

そうして父は、生まれてはじめて画の指導をしてくれたのです。私たちは、狩野家に受け継がれてきた先代たちの手本を手がかりにして、その襖絵をこれまでにない様式に仕上げました。父は私などには思いもつかなかった斬新な案と、熟達した筆さばきによって、私が描こうとしていた世界をいとも簡単に、見違えるように素晴らしいものへと変貌させたのです。

あの夜の父の筆からは、驚くべきほどに、父の個性が消されていました。画壇に衝撃を与えた大画面様式もなければ、大胆かつ荒々しい筆遣いも、影をひそめていました。代わりに現れたのは、別人のような優しく柔和な様式でした。また父は、自身の画業では決して許さなかった余白を、贅沢にたっぷりと残しました。自分を殺し、息子の弱々しい線をうまく生かして、新たな命を吹き込んでくれた父の姿は、今も鮮明に憶えています。時代の寵児と言われた父は、じつは求められているものに忠実な人だったのです。あらゆる好みに合わせた筆を持つものの、武将に好まれるような野性的画風を描かねばならなかっただけでした。

「なにをぼうっとしてる？」

父に厳しい声をかけられ、私も筆をとりました。

そして見よう見真似で、線や色を加えていきました。父は決して口数は多くなく、描いてある線のうえから、ほんの少し筆を足すだけでした。それでも、明らかに力強く、画面全体が見違えるようになったのです。

徐々に、私たちの会話は増えました。

「余白を魅せるためには、どこかに重さを置かねばならない。私のとなりに立って見てみなさい」

父に手招きされ、私はその通りにしました。「あそこに線を入れるべきでしょうか」という私の問いに、父は「いや、それよりもあちらではないか」というように、私たちは話し合いながら、優雅な余白のある花鳥画を仕上げていったのです。父の指摘はつねに的確で、私はいまだに画筆を持ちながら、その言葉を思い出すことがあるほどです。

明け方には、あらかた完成していました。

先代たちから受け継がれた遺産を私なりに解釈した作品であり、新機軸となる減筆体の芽生えもありました。ただ淡々と、流れる時間をいとおしみ、季節の巡りを告げるやわらかな風が吹く。大画面様式では果たせない、奥行を予感させる抒情的な余白。どこにも無用な強調をせず、均衡がとれている。春に咲きみだれる桜にはじまり、冬の滝景色で終わる。そしてまた永遠に循環はつづいていく――。

そんな「四季花鳥図」は、私が父とはじめて心を通わせたきっかけとして、思い入れの深い作品になりました。

「おまえはおまえの答えを貫けばいい。しかし世間の価値観が突如として変わることはないだろう。当面は私の様式が好まれ、おまえの様式が評価を受けるのはまだ先に違いない。だからこそ、私は山楽を養子に迎える」

父からそんな話をされるのははじめてでした。

「お兄さまを？」

「今の不安定な情勢のなかでも、山楽がいれば両方の可能性を残しておける。山楽はどの門人よりも、私の様式を忠実に引き継いでくれるだろう。今はまだ若いが、機転も利くし立ち回りもうまいから、狩野家のなくてはならない要になる」

　父は誰よりもあなたのことを買っていました。父のことですから、あなたには直接言わなかったかもしれません。しかし父はつねにあなたを頼りにし、自分の亡きあとの狩野家を守ってくれるだろうと信じていたのです。

　安土城の大火を奇跡的に免れたのが、父と描いた「四季花鳥図」だったことに、私は運命的なものを感じました。今後の狩野家の命運を握るあなたには、私にとって大切な作品の持ち主になっていただきたい。

　安土城での夜、父はあなたのことをこうも話していました。

「幸か不幸か、狩野家は代々血筋の者によって受け継がれてきた。実力のある弟子を養子として迎えることで、より強固な組織となるだろう。泰平の時代が来たとしても、さまざまなところに目配せをして、あらゆる趣味嗜好、あらゆる地域で愛される多彩な様式を、一族総手で描けるようにすべきだ。そのために山楽の力は不可欠だろう。分家をつくるとすれば、その頂点に立つべきは山楽以外にいない」

　そして父はあのときから、自分が死んだあと、遣《や》りのこした仕事はすべて、あなたに任せると決めていたようです。実際、父が亡くなる直前まで、東福寺法堂《はっとう》の天井に描いていた

「蟠龍図《ばんりゅうず》」を、代わりに完成させたのもあなたでしたね。あなたこそ父の正統な後継者であり、血筋など関係ないというのは誰もが認めるところでしょう。

現に、私自身もあなたの支えなしには、今までやってこられませんでした。

「自分一人で画業を成せると思ってはいけない。大事なのは、自分一人では今すぐ成し得ないとしても、子や兄弟、またその子やその兄弟に託せば、いずれは叶うということ。私の祖父は身をもって、そう教えてくれた。だから山楽とは、私がいなくなったあとも、協力してやっていってほしい」

父の教えを、今ほど思い出すことはありません。

だからこそ私は、あの屏風をあなたに贈ります。

狩野家が江戸に拠点をうつしてしばらく経ちますが、どうかあなたは京都に残って新たな狩野家をつくってほしい。

あなたは秀吉の口利きによって、狩野家の門を叩きました。しかし豊臣家の落日が目に見えている今、徳川側の者からは豊臣派の残党と見做されるでしょう。たとえ真実とは違っても、しばらくは身をひそめておくべきです。

また、本家が徳川家の御用絵師になっても、京都での画業は多くあります。その際、あなたの分家が京都を拠点とすることで、お互いに支え合ってほしいのです。仮に一方が倒れてもどちらかが生き残れば、狩野の名は絶えません。

あなたも知っての通り、私の弟である孝信の子、つまり私の甥にあたる探幽は、すでに十分な才覚を備えています。父が足利将軍に十歳で謁見したように、探幽も近々、徳川将軍に拝謁させる予定です。

江戸にうつった探幽率いる狩野家を、どうか京都から支えてほしいのです。この屏風をあなたに贈るのは、本家と分家、私たちの絆の証です。そして父がひそかに平和を願っていた心が、この「四季花鳥図」なのです。

だからどうか、この屏風を受けとってください。

＊

巻子本を解読し終えたとき、書院から見える庭は夜の闇に沈んでいた。

「山楽はこれを受けとって嬉しかっただろうな」

「あの伝記を読んだあとだと、さらに感情移入しますね」

若い頃の山楽は、光信に対抗心を燃やしたのかもしれない。だが永徳と同じく、光信も家督になった以上、狩野家において絶大なる権力を持っていたはずだ。そんな存在からもっとも大切にしているという屏風を授かって、山楽は感激したに違いない。そのうえ永徳からいかに認められていたのか、ということも明記されている。

光信が亡くなったのは、この手紙をしたためた同年である。冒頭で案じている通り、このあと義兄弟が再会することはなかっただろう。光信の没後、山楽は七十七歳まで長生きをして、義弟の願い通りに京狩野の礎を築いた。豊臣家の残党として命をねらわれた時期もあれど、無事に乗りきった。よほど処世術に長《た》けた人物だったと分かる。

そして山楽が創始した京狩野は、血縁にこだわることなく、優れた門人が家督を継ぐことで繁栄していく。たとえば、メトロポリタン美術館の「老梅図襖」など、世界の美術館に作品が収蔵されている狩野山雪も、山楽にとって義理の息子だった。江戸狩野と協力しながらも、それ以上の傑作を残しているといってもいい。

そんな歴史の一端を、直筆の手紙からのぞけるとは感慨深かった。

小僧を呼びだし、巻子本に書かれていた内容を報告する。予想もしなかった狩野光信による手紙らしきものが発見されたと聞き、まもなく用事を終えたばかりの慈海が、小僧とともに障子の奥から現れた。

「お話は伺いしました。スギモトさん、糸川さん、そして那須さん。あなた方のお力添えに深く感謝します。私自身、あの箪笥になにが入っているのか、知らずに死にきれないと思っていたところでした。あなた方にお願いして、本当によかったです。いや、まさかあの屛風が、本当に永徳の筆によるものだったとは……」

慈海は言葉がつづかない様子で、ただただしわだらけの手を畳についた。

「やはり疑ってらっしゃったのですね？」

ケントが改まって訊ねると、慈海は記憶をさかのぼるように目をつむった。

「ここまできたら、スギモトさんにはすべてをお話ししましょう。あなたの言う通り、私はあの屛風がまさか本当に永徳筆だとは、一度も信じたことはありませんでした。なんせ作風もまるで違いますからね。火災の被害にあってから、ほとんど表には出していなかったのですが、偶然、蔵であれを目にした檀さんから、市場に出してはどうかという提案を受けました」

「檀さんは、本当の価値を見抜いていたのでしょうか」

「どうでしょう。私の考えですが、檀さんも州信印を信じてはいなかったのではないでしょうか。贋作だと思いながらも、適当に騙す材料はある。そんな風に考えていたように私には見えました」

「それで、パトリシアに話を持ちかけた？」

「ええ。私はその方に直接お目にかかったことはありませんが、檀さんは法外な値段をふっかけたのに、イギリス人の蒐集家にあっさり買ってもらえたと祇園の席で愉快そうに話しておられました。もちろん私も檀さんも、本当に永徳の筆が加わっていたとは思いもしなかったのですが。というより、今も正直信じられない気分です」

「お話しくださって、ありがとうございます」

ケントが頭を下げると、慈海は細い首筋を伸ばし、庭に目をやった。

「いえ、礼を伝えるのはこちらの方です。おかげで長年のわだかまりを、やっと打ち明けるべき相手に告げることができました」

第四章

秋

CONSERVATOR

関西滞在を終えて、ベイカー・ストリートに戻った二人は実作業に入った。

まずは数週間かけて、文書で残っている安土城の設計図から、だいたいの間取りと面積を計算する。屏風に仕立て直される前の、障壁画だった頃の大きさを確かめるためだ。今では埋められた引手の跡も、幅などの手がかりになる。

さらに高精細撮影した写真を、原寸大に引き伸ばして印刷し、そのうえに透明なシートを重ねて、筆致をうつしとるという作業をはじめた。制作者の癖や周囲の絵から得られる情報を整理するためである。

パトリシアが所有する「四季花鳥図」のうち、欠けているのは春の場面だった。興心寺で発見した縮図によれば、そこには桜と岩肌が描かれ、金箔と胡粉を盛りあげて表現された金雲から見え隠れしていた。

おおまかな構成を決めた下図を完成させると、それを原寸大印刷して、さらなる修正を加えていく。いきなり本番の上質な和紙に描きはじめるのではなく、墨線の止め跳ねまで細かく再現できるようになることが先決だ。

樹木、花鳥、岩肌など、これまでの狩野派作品を参照しながら、特有の描き方を少しずつケントと整理した。たとえば、枝葉が曲がるところには必ず節を入れたり、木や岩の質感を表すために皴《しゅん》を立てたりする。

そうした作業をしながら、ケントとは今後の話はしなかった。

——いったん停戦だ。

京都に着いたときにケントは言っていたが、お互いに牽制しあうように話題にはのぼらなかった。晴香も野上の工房に行って、改めて自らの進むべき道を考え直すべきだと思ったので、もう少し考える時間が必要だった。

作業の合間をぬって、大英博物館にも向かった。退職後も、ケントは頻繁に出入りしており、外部の修復士として仕事も請け負っていた。判断の難しい作品などは、たまに元同僚からケントのところに相談がある。

そんな縁もあって、大英博物館に所蔵された京狩野絵師の一人、狩野永良《えいりょう》による、十八世紀後半に描かれた『秘伝画法書』も、特別に参照することを許された。二冊から成るその書物には、中国の画家たちの画法の他、狩野派に伝わる岩、滝、水流、木肌などの描き方の見本が掲載されている。

ケントは晴香とともに大英博物館に赴き、付き合いのあるキュレーターから特別にその秘伝書を見せてもらった。大英博物館内にある東洋美術専門の修復工房は、畳敷きになった清潔で設備の整った空間である。

永徳の筆の特徴をノート数冊分にわたって描きとめるケントの横顔は、真剣そのものだった。まるで自らに永徳を憑依《ひょうい》させているかのようでもあった。晴香はなるべくその妨げとならないように補佐をした。

また、ケントが永徳の画法を習得するあいだに、制作に必要な材料を下準備しておくことも晴香の大きな役割だった。たとえば、膠《にかわ》はハモの胃袋を二十四時間寝ずに煮なければならないし、貝殻からつくった胡粉も、膠とよく馴染むようにするため手間がかかる。

博物館から帰ってからは、フラットで作業工程をまとめ、さらに他にとりかかっている作品の修復や、ヘルに任せた仕事のチェックを行なった。そうした慌ただしい仕事の隙をぬって、晴香はアンジェラと会う約束をした。

平日の昼過ぎ、現れたアンジェラは、九月に開催される大きなセールスの準備で忙殺されていた。とくに八月はほとんどロンドンにいないらしく、この日彼女をつかまえられたのは幸運だった。ちらちらとスマホを気にするアンジェラを、あまり長く引き留めないようにと晴香はまず用件を伝える。

「教えてもらった桂二郎さんの電話番号、何度かけてもつながらなくて」

「あら、やっぱり？」

アンジェラは驚きも見せず、晴香に同情するように眉を下げた。

晴香がアンジェラと待ち合わせたのは、オークション・ハウスからほど近い、路地裏にある静かなカフェだった。テラス席に腰を下ろして、晴香は紅茶を、アンジェラはコーヒーを注文した。

アンジェラは晴香が知るなかで、ケントと桂二郎の関係性にもっとも詳しい人物だ。だから無理にでも時間をつくってもらった。長年ケントの恋人だったアンジェラは、先日も桂二郎をベイカー・ストリートに呼んだという。

じつはケントには、今回の復元に取り組む前にも、桂二郎が小さい頃に見ていたのなら、その様子を憶えているかもしれないので話を聞きにいくべきだと提案した。しかし助けを求めれば見返りを求められる、あの男にはすべてが取引きだ、金のことしか頭にないからな、とまともに取りあってもらえなかった。

こうなったらアンジェラから連絡先を教えてもらい、自分で会いにいくしかないと晴香は決意していた。そしてその情報集めは、復元を成功させるためだけではなく、自分自身の今後のためでもあった。ケントの父がどんな人物なのか、本当に拝金主義者なのかを知ることは、結果的にケントのことを知ることにもつながる。もっと言えば、野上のところに行くべきかを判断する重要な材料にもなるはずだった。

「じつは私も、お父さんに電話したわけじゃなくて。たまたまオークションの下見会に来ていた姿を見かけて、声をかけただけだったの」

「住所も知らない？」

「分からないわね。お店を持っていた頃から、外部からの連絡は秘書がとりまとめて、本人の居場所は誰にも分からなかったみたい。とくに店仕舞いをしてからは、単独で動いてるっておっしゃっていたし、スマホもろくに見ていないみたいだから。ケントはあんまり話してくれない？」

アンジェラの物言いにはどこか優越感めいたものを感じたが、気にしないように努めて晴香は肯いた。

「京都に出張したとき、今復元に取り組んでいる屛風の元所蔵先だったお寺で、桂二郎さんがその屛風に関わっていたことを知ったんです。それで、桂二郎さんから直接話を聞くのが、今回の復元の近道なんじゃないかと思って。でも同時に、世間的には褒められないようなことに手を染めていたっていう話も聞きました。アンジェラなら詳しい事情を知ってるんじゃないかと。その、スギモトさんは教えてくれないから」

　彼女は窓の外を見やった。

「私が桂二郎さんと知り合ったのは、オークション・ハウスに就職してからだった。そのときはケントと付き合っていたけど、ケントからは紹介してもらえなかったの。でも仕事で何度か顔を合わせるようになって、桂二郎さんの担当になってね」

「骨董商の顧客担当として？」

　アンジェラは「そう」と答え、コーヒーに口をつけた。

「オークションにやってくる人の多くが、プロの骨董商なの。骨董商でありながら、コレクターでもある人がほとんどだからね。それに骨董品って時代を経るごとに価値が高くなるから、いい作品は徐々に値段が上がって、市場は動いてるわけ。だから桂二郎さんはセールスで入札をしたり、逆に、桂二郎さんが見つけてきた名品を、うちのセールスで売りさばくこともあったわね」

　晴香はケントの助手になってから、アンジェラの職場も含めて、何度か骨董品のオークションに足を運んでいた。実際のセールスはソーホーの会場で行なわれるが、下見はたいてい郊外にある屋敷などで開催される。死や離婚によって、屋敷で使われていた美術品や家具の一切合切が売りに出されるのだ。

ああいったところに足を運び、掘り出し物を見つけては、それを好みそうな客に紹介することが、桂二郎の仕事の主軸だったという。社交的でエネルギッシュな人だった、とアンジエラは評した。

「でもなにもコネのないロンドンであそこまで成功するには、他の人の常識で言えばモラルがないと判断されるようなことにも、時には手を染めないとね」

「たとえば？」

「そうね……美術品って、移動させるだけで税金がかかるじゃない？　いわゆる関税ってやつね。高額な作品になるほどに、その額も膨らんでいく。そういうのは桂二郎さんの正義からすれば、破ってもいいルールだったわけ。つまり、そういうところにお金が持っていかれることが許せなかったんでしょうね。まぁ、私にも身に憶えがあるけどね。だって美術蒐集家って必ずしも大金持ちってわけじゃない。他から借金してでもその作品を買いたいっていう美術信奉者もいる。それなのに、美術品を売買するだけで多額の税金をとられるのはおかしいと思わない？」

晴香には考えたこともない観点で、返答に詰まった。

「それで、桂二郎さんは関税対策を？」

「ギリギリのところだったと思うわ。なにも桂二郎さんだけじゃなくて、少しでも関税を減らしたいコレクターは、グレーなことをするものなの。私も何度か手伝わされたことがあるわ。無申告の作品をスーツケースに忍ばせて、壊さないようにそっと運ぶわけ」

「スパイ映画みたい」という素朴な感想が漏れた。

「駆け出しだった頃、高さ三十センチはある古代ギリシャの壺を運んだこともあった。持ち主は社内でも有数の顧客で、落札後にどうしてもその壺をハンドキャリーしてほしいっていうの。一刻も早くその壺を目にしたいからっていう理由だったけど、裏の事情があったんでしょうね。それで、上司がビジネスのシートを二人分予約して、私は壺をとなりに乗せて飛行機に乗ったわけ。汗だくになって壺の包みをシートベルトで固定していたら、CAが怪訝《けげん》な顔で『これはなんでしょうか、収納棚に上げましょうか』なんて声をかけてきて、慌てて断ったりして。古代ギリシャの壺なんて、そう簡単に持ちあげられないものね」

「桂二郎さんも、そういうサービスをしてたってこと？」

「あの人の場合は、もっと極端だったと思う。世の中には簡単に国境を越えられないものがたくさんあるでしょう？　麻薬や武器みたいに明らかに犯罪と近しいものもあれば、象牙や毛皮のように美術品と縁深くて取締りが難しいものもある。桂二郎さんは後者の闇ルートとつながっていたみたいね」

当たり前のように話すアンジェラに、どうして知っているのかと訊ねる。

「一部ではよく知られていることだったから」

衝撃を隠せない晴香に、アンジェラは諭すようにほほ笑んだ。

「あのね、ハルカ。なぜイギリスに略奪品が集まってくるんだと思う？」

黙って首を左右にふった。

「法を侵してでも、お宝を手に入れたいっていう人が、伝統的にうじゃうじゃいる国だからなの。でもそういう人たちは、自分の手を汚したくはない。海賊を飼い馴らして、他国の財宝を奪わせたエリザベス一世と同じね。だからイギリスには、大勢の運び屋《ランナー》がいるわけ」

「密輸業者ってこと？　桂二郎さんはランナーだったの？」

「まさか、それは違うわ。どちらかといえば、彼はランナーと取引する立場ね。顧客から欲しい作品の希望を聞いて、それをランナーに探して持ち帰らせる。その際には、密輸船や小型のボートを秘密裏に手配したり、時にはインドのような美術品の輸出が禁止された国にも出入りしていたっていう噂よ」

桂二郎は、美術品にまつわる法整備が今ほど進んでいなかった最後の世代だという。しかも日本の好景気――桂二郎がイギリスで基盤を築いたのは七〇年代後半から八〇年代にかけてだった――と空前のアジア美術ブームが追い風となったに違いない。もちろん、彼自身の手腕もあって、その世界で今の地位を築いた。しかし時代が変わるにつれて、徐々に裏稼業からは足を洗ったという。だからそのことを知る人も、今では少なくなったのだとアンジェラは話した。

「ケントはそんなお父さんの背中を見て育ったから、美術品に携わる仕事は、きれいごとだけじゃ通用しないっていう考えが植えつけられているんだと思う。ある意味では正しいけれど、長いあいだケントはそれを受けいれられなかった」

「大英博物館を辞めたのも、そういう背景があったから？」

「私はそう思うわよ。だって博物館の修復士になるって聞いたときは、正直いつまでつづくのかなって信じられなかったし。ハルカも間近で見ていて、独立したあとのケントの方が活き活きしてるって思わない？」

アンジェラも鍵師の律子と同じことを言う。しかし晴香が気になるのは、彼のもっと本質的なところだった。

＊

桂二郎に連絡はつかないままだが、屛風の復元作業は進んでいった。時代背景や狩野家の技法などをさまざまに検討した結果、パトリシアの屛風はつぎの順序で、作業を重ねていくことになった。

①「下図」の決定　↓　②本紙の準備　↓　③本紙に墨で「下描き」　↓　④余白に金箔を貼る　↓　⑤着色　↓　⑥「仕上げ」の墨入れ

これまで終わっているのは、①「下図」の決定である。

つぎに、大英博物館にあった資料に基づいて別紙に完成させた「下図」を、今度は本紙にうつして、墨で「下描き」をつくる。パトリシアの屏風には、雁皮紙《がんぴし》の一種が用いられていると判明した。和紙づくりの家で育った晴香には、身近な存在である。

和紙は、楮《こうぞ》、雁皮、三椏《みつまた》の三種が代表的だ。名前に「雁」とつくので、鳥の皮を連想してしまいがちだが、ガンピという植物の繊維でできている。平安時代から「鳥の子紙」と呼ばれ、書道や襖絵などに愛用されてきた。

「ここは君に任せたよ」

「分かりました。雁皮紙は伸縮性があるので、楮紙で裏打ちをしてから、屏風のサイズに紙継ぎするのがいいと思います」

工房に大きくて低めの作業机を置いて、当時になるべく近い紙を準備した。

紙の準備を終えた頃に、日本からあるものが届いた。

段ボール箱に詰まっていたエアパッキンをほどく。あぶらとり紙にもなる薄い紙と交互に重ねられた、何枚もの金箔が桐箱に入っていた。金箔貼りを行なうために、特別に金沢の職人から取り寄せていた材料だ。

「よくやった、この赤みだよ」

「苦労しましたが、粘り勝ちですね」

ここまで再現してもらえるとは、と感激しながら晴香はふり返る。

金箔については、じつはひと悶着があった。

ストーク・オン・トレントで撮影した写真をよく見ると、屏風の背景にある金箔は、わずかに赤みを帯びていた。現在、入手できる金箔と比べれば一目瞭然の違いである。復元された屏風は、安土桃山時代のものと並べられるので、なるべく色を近づけたい。

はじめは銅の含有率の問題ではないか、とケントと相談した。そこで英国内の専門機関に依頼し、成分の分析をしたのだが、大した違いはなかったのである。ケントは諦めようと言ったが、晴香は日本滞在中に金箔問屋に連絡した。

——赤みを帯びた金箔、か。以前、知り合いの職人から聞いたことがあります。安土桃山時代の屏風に赤っぽい金箔が使われていた、と。彼も同じように試行錯誤をして、とある意外な答えに辿り着いたそうです。

——どのような？

——赤みの理由は銅じゃなくて、薄さだったんです。昔は煌びやかな屏風が好まれたとはいえ、権力者もコストカットのために、熱で溶けはじめるギリギリまで薄く、職人に叩かせたんでしょう。

問屋から紹介してもらった金沢の職人は、極限の薄さまで金箔をのばすことのできる技を持っているという。メールを送って風合いを確かめ、やっと赤みがかった金箔がロンドンに送られてきたのだ。

「これなら、古びも出しやすい」

「よかったです。修復って、手がかりが手がかりを呼んで、少しずつ真実をたぐり寄せていく宝探しに近いんですね」

ケントは肯き、金箔貼りの作業を開始した。

ただの背景と金雲の部分とでは、近づいて見てみると、わずかに凸凹の違いがある。胡粉を用いた盛りあげの有無によって生まれた差だ。まずは、ケントが類似作品や現存している部分を見ながら、縁や雲の部分などを立体的に仕上げる。

「これが終わったら、金箔のうえから着色を？」

「いや、それは江戸初期以降のやり方だ。安土桃山時代では、金箔は丁寧にかたどられ、背景だけに貼られていた。仕上げの墨線など、部分的な例外はあってもいいけれど、基本的には背景だけに貼っていこう」

「分かりました」

そこで晴香は、ケントが盛りあげを施している傍らで、「縁蓋《えんぶた》」と呼ばれる、彩色部分に金箔が重なることを防ぐための、いわばマスキングを貼りつけていった。一ミリ単位の、ちょっとしたズレも許されない作業で、気がつくと呼吸をするのを忘れてしまう。

期限が迫るなか、作業は慎重に進めなければならず、夜通しつづいた。これまでもケントと共同で取り組むことは多かったが、この屏風ほどチームワークが求められる作業はなかった。しだいに呼吸が合い、言葉で確認せずとも、彼の求めるものがなんなのかを理解できるようになる。

狩野派の絵師たちは、今の売れっ子マンガ家のように、つねに工房制を敷いて集団で協力しながら絵画制作に取り組んでいたという。むしろ、マンガ家の元祖が、狩野派のような絵師集団なのかもしれない。一人ではなく親子や兄弟、また門人らと手分けして、一枚の巨大な画面をつくりあげた。

紙の下準備が終わると、いよいよ金箔を貼っていく工程に入った。

「金箔のサイズはどうやって決定を？」

「金箔の寸法は、時代によって変化していったんだ。たとえば室町時代から金碧画に使用されはじめた金箔は、安土桃山時代の頃はもっとも大きかった。とくに永徳が用いた箔は、三寸六分から七分とされている」

「時代を経るにつれて、小さく変化したんですね」

「実際、パトリシアから見せられた現存するところに使われていた金箔も、だいたい十センチは超えていただろう？」

晴香は意識していなかったが、ケントはそうした金箔の寸法にも着目し、真贋の判断に役立てていたことに気がつく。つくづく美術品は、見る者が違うと、見え方もまったく違ってくるのだと実感した。


金箔貼りが仕上がり、工程表の④まで終わる頃には、十月上旬になっていた。二人の働く時間はとりたてて明確ではないが、その日は夕方に作業を終えることにした。改めて眺めると、箔足と呼ばれる金の重なりも上手にできている。

「悪くない仕上がりですね」

「ああ、君もよくやってくれた」

「ありがとうございます」

ふいに目が合って、微妙な沈黙が流れた。

「……悪いけど、今から用事があるから、片付けは任せていいかな」

「も、もちろんです」

ケントはさっさと工房からいなくなった。

晴香はいっそのこと、ケントにすべてを打ち明けてしまいたかった。じつは京都で黙って野上の工房を訪れたこと。野上からのオファーに心揺れていること。今後の自分がどうしたいのかがまだ分からないこと。しかし今相談してしまえば、自分の意見ではなくなってしまう気がした。

晴香はこれまで努力もしてきたとはいえ、なんだかんだでうまく流れにのってやってきた。けれども本当に自分がやりたいこと、やるべきことはなにか。それを自らが決めるべきときが来ていると自覚していた。

だからケントが引き留めてくれると嬉しいが、自分からは切りだせない。

また野上の「こちら側の人間」という言葉も引っかかっていた。ロンドンに戻ってきてから冷静にやりとりをふり返っているが、伝統文化を守る自分たちをどこか特権的な存在だと認識している野上の新たな一面に気がついていた。

野上のこともケントのことも、当然どちらも尊敬している。二人の仕事を比べることはできない。しかし進むべき道を決めるというのは、今後の人生を左右する大切な判断には違いなかった。

納得のいく答えを出すために、ケントのことをもっと知りたいと思うものの、四六時中ともに作業をしているのに、核心部分は今のようにうまくはぐらかされていた。こちらが早とちりしているだけで、本当はケントからなにも期待されていないとしたら？　助手としての働きぶりに対しても、大した評価を得られていないとしたら？　晴香の決意はまた揺らぐのだった。

本紙づくりから金箔貼りまでを終え、やっと土台が完成した。

いよいよ着色と墨線描きの工程に入る。

たとえるなら、金箔の画面を整えることは、舞台装置の制作だった。「下図」を決定するのは脚本の執筆。描くべきモチーフを決めることは、役者の選定。だとすれば、これからの仕事はいよいよ稽古——つまり役者の演技指導に当たる。モチーフを表す筆致や色の濃淡によって、すべての見え方が違ってくるからだ。

狩野派では、師は「下図」を考案したという。そのうえで弟子は、金箔を貼るまでの画面準備と下描き、さらには彩色までを行なう。そして最後に、また師が墨線を入れて仕上げていったという。それほど墨線を入れる行為は重視された。

ケントが描こうとしているのは、満開の桜が枝葉を伸ばす様だった。

桜の枝葉ぶりは、滋賀県、園城寺にある光信の代表作「四季花木図襖」を参考にすることになった。花びら一枚一枚が丁寧に描写され、葉の表現も繊細である。また松の木によく見られる菱形模様の皴と違い、桜の木の皴は横方向に平行に入っている。それらを真似ながら陰影をつけたり、岩に苔《こけ》を配したりする。

使用する朱や緑青《ろくしょう》といった顔料は、当時に近いものを使用した。それらの顔料を用いて、幹、葉、花びら、岩などを表現したあと、縮図で存在が明らかになったウグイスにも色をつける。彩色を終えただけの、輪郭線のない画面ができあがった。

乾くのを待ったあと、満を持してケントが墨で線を入れていく。

墨線は「下描き」の工程とは違い、顔料の上から筆を入れるので、筆のかすりが出やすい反面、失敗は許されない。かすりは、永徳が自らの藁筆を山楽に授けたという逸話が残っているように、永徳のみならず狩野派作品すべての神髄でもある。

ケントは何十という種類の線のサンプルを準備し、それを忠実に再現していった。どこにどの線を配置するのかというのは、綿密に計算されたうえで決められていたようだ。おかげで滞りなく、失われたパトリシアの屏風のつづきが現れていった。

「どこで習得したんです？」

改めて訊ねると、ケントは涼しい顔をして答える。

「二十代の頃、しばらく東京の工房で修業させてもらってね。言っただろ？　修復にかけては、俺に直せないものはないって。それに日本美術に関しては、親父から特訓された自負もあるしな」

なるほど、と晴香は肯いた。父と距離を置きたいと口先では言いながら、ケントはなにかと桂二郎のことを口にする。また自分では徹底的にくさすくせに、自分以外の誰かがネガティブな意見を言うとむっとしたように否定するのがおかしかった。

何日もかけて、墨線の上から苔や鳥の羽といった細部が表現された。

そのあと最後の仕上げとして、ケントは古色を加えていく。晴香がもっとも驚かされたのは、この仕上げの高い技術だった。パトリシアの屏風は大部分が時の洗礼を受けているので、真新しいものを近くに置くと違和感がある。

そこでケントは、あえて繊細なシミやクスミを、さまざまな道具や薬品を使って加えていった。完成したのは、再現度の高い一枚だった。当然、正解はやぶの中だが、永徳の筆と見紛うような出来栄えである。

「贋作師としても活躍できそうですね」

冗談で言ったつもりが、ケントは満更でもなさそうだ。

「検討するか。修復士の起源は、贋作家でもあるしね」

ケントいわく、修復の発祥地とされるイタリアでは、偉大なる修復士の多くが、同時に優れた贋作家としても名高かったという。たしかに「修復」と「複製」、「加筆」と「偽造」などは、曖昧に重なり合う。保存修復と贋作、複製文化との結びつきは古い。

狩野派の絵師たちだって、先代の名品をくり返し「複製」することで、その地位を不動のものにしてきた。模倣に支えられる以上、どこまでがオリジナルなのかは曖昧。そんなことをケントの筆からは、改めて考えさせられた。


十一月初めの週に、外注した木枠の下地に、一ミリもズレがないように正確に絵をとりつけた。さらに裏面にはもとのデザインに近い唐紙を貼り、縁もよく似たものを木槌でとりつける。

すべてが組みあがると、ケントは細部を点検した。

問題ないと分かると、壁に立てかけて離れたところから眺めた。

「ついに完成しましたね！」

「納期にも間に合ったな」とケントは満足げに肯く。

片付けをはじめようとした晴香は「ちょっと話があるんだが」と声をかけられた。ケントとともに共有スペースにうつって、紅茶を淹れた。

「それで、話って？」

「野上さんのことだよ」

晴香は身構えつつ「その件については、私も話したいと思っていました」と言う。

「そうか。じゃ、君の話から聞こう」

晴香は意を決し、これまで考えてきたことを切りだす。「じつは京都滞在中に野上さんの工房を見学にいって、正式にお誘いを受けました。でもまだ結論が出ていないんです。私はスギモトさんの意見も聞きたくて——」

しかし言い終わらないうちに、ケントに遮られた。

「だったら、君は野上さんのところで働くのがいいと思うよ」

「え？」

「野上さんの工房でなら、君の専門性も最大限に生かせるはずだから。日本は君の生まれ育った国だし、家族にだって頻繁に会える。それに、もともと野上さんに恩返しするつもりだったんだろ？　だからイギリスで俺にふり回されるよりも、本来の目標を見失わずにいた方がいい。君にとっては、野上さんのところにうつった方が幸せだよ」

　黙っている晴香に、ケントはなぜか肩をすくめて笑みを浮かべた。

「正直なところ、君はすぐに断るだろうと思っていたんだ。でもずいぶんと迷っている様子で、まだ結論を出していない。そして屏風を手がけているうちに、今までのどの作品よりも楽しそうに仕事をしていることに気がついた。君の出すべき答えは、俺から見ても明らかだよ」

「……本当にそれでいいんですか、スギモトさんは？」

「いやいや、君は勘違いしてるよ。俺に気なんて遣わなくていいんだ。これまで俺は何人もの助手を雇ってきたが、みんな若くて経験を積むとここを出ていった。学びには必ず卒業があるからだ。助手っていう仕事は長くするものじゃない。それに比べて、野上さんの誘いは君にとってこれ以上ない、絶好のチャンスだと思うよ。あんなにしっかりした工房は日本にそう多くないし、野上さんは志のある人だ」

　晴香がふたたび口を閉ざしていると、気まずさに耐えかねるように、ケントは共有スペースで育てている観葉植物に水をやりはじめた。「最近は忙しくてこいつらの世話を怠っていたが、日も短くなって成長も止まってきたな」などと独り言のように話す。ケントはこれまでも真面目な話をしている最中に誤魔化す傾向があった。おそらくとくに女性に対してそんな態度をとってきたようだ。

「まぁ、ここにこだわる理由もないだろ？　俺に惚れてるわけでもあるまいし」

ケントがボソリと口にした一言は、晴香のもやもやを爆発させた。

「は？　惚れてちゃいけないんですか！」

ケントはぎょっとした様子で、水指をテーブルに置いた。

「おいおい、急に怒るなよ」

「いや、今のは怒ります。言っときますけど、私はあなたに惚れてますからね。でも惚れてるっていうのは、プライベートで恋仲になりたいって言ってるわけじゃありません。恋愛感情的な面でも、尊敬できるからこそあなたについていきたいと思ってるけど、付き合いたいっていう湿っぽいニュアンスじゃないんです。むしろ、このままいくと公私混同にならないか不安なくらいです。フラットでも四六時中一緒にいなきゃいけないし、恋愛の方に引っ張られて大事なときに冷静な判断が下せなくなるかもしれないし。嫉妬とか負の感情で時間をとられるのも、まっぴらごめんです！」

本音をぶちまけるうちに涙声になってきた。ケントはたじたじになりながら言う。

「支離滅裂だな」

「そんなの分かってますよ」

深呼吸をして、晴香は冷めきった紅茶を飲み干した。

「そもそも私の問題なのに、勝手に結論を出すなんて信じられない。私のこれからの人生を大きく左右する、とっても重大な問題なのに。だから迷ってるんじゃないですか！　私はあなたの助手になってから、すごくやりがいを感じてきました。大英博物館も含めて今まで関わったどの仕事よりもやりがいは大きい。責任もあって判断も任せてもらえるし、なにより誰かを助けられているっていう実感があります。博物館みたいに万人に対してじゃなく、クライアントの顔がしっかりと見えるのが嬉しいんです。でもあなたについていこうって、心の底から思えない理由は……」

晴香は立ちあがり、キッチンでグラスに水を汲《く》んだ。

「なんだよ？」

ケントはソファに腰を下ろして頭を抱えながらも、そう訊ねる。

「ついていけない理由は、一番大事なことを言ってくれないからです。以前に助手である私すら騙して、自分自身のねらいを遂行しようとしたことがありましたよね？　あれはやっぱり簡単に許容できない裏切り行為でした。そのせいで、今回みたいに大きな仕事が入るたびに、また騙されるんじゃないか、また嘘をつかれてるんじゃないかって、不信感が拭えないんです」

「あのときは悪かったよ……何度も謝ったじゃないか」

「もちろん、スギモトさんに悪気がなかったことは知ってます。でもここに来てから、美術品の修復は綺麗事ばかりじゃ済まなくて、悪行にも加担したり、人の命に関わったりすることも学びました。だからこそ目の前にある仕事も、それを知らずにやってるんじゃないかって怖いんです。せめて覚悟したうえで、胸を張って手を加えたい。だから私をパートナーとして信頼して、すべてクリアにしてほしいんです」

ケントは深く息を吐くと、「君の言いたいことは分かった」とこちらを見た。

「でもビジネス上、仕方ないときもあるだろ？　君のためを思えばこそ、はっきりと言えないこともある」

「いいえ、それは本当の意味では、私のためじゃない。あなたの自己満足です。今まで多くの助手が辞めていったって言ってましたけど、言い換えれば、誰も信じてこなかった証拠じゃないですか。使える人を雇って、都合が悪くなれば切り捨てたんでしょ？　そんなやり方で、本当にいいんですか」

「おいおい、言いすぎると後悔するぞ」

苦笑を浮かべつつも、ケントはこちらに目を向けようとしない。

「どうせ図星なんでしょ？　あなたには一度くらい、どうしてもそばにいてほしくてお互いを補いあっていけるパートナーはいなかったんですか。私は少なくとも、そんな存在になりたくて努力してきたのに……」

沈黙が下りたあと、ソファから立ちあがったケントは、コートを摑んだ。

「工房の片づけは頼んだ。少し出てくる」

たしかに言いすぎてしまったかもしれない。誰もいなくなったフラットで、晴香はしばらくその場から動けずにいた。話の流れで感情的になってしまったが、それでも伝えなければならないことだった。


翌朝、悶々と自室で過ごしていた晴香に、ヘルからメッセージが届いた。

【今から工房を訪ねていいか？】

ヘルには京都に行く前から、いくつか作品を任せていた。チッペンデールの椅子を手始めにして、古い書籍から絵画までその対象はさまざまだったが、そのすべてを臨機応変に修復してくれていた。晴香はヘルと協力することを少なからず不安視していたが、ケントが言っていた通り、彼女の仕事ぶりは仕上がりから報告書まで正確で、文句のつけようがなかった。

ただしパトリシアの屛風を復元し終えた今、ヘルに手伝ってもらわなくても、こなせる仕事量に落ち着こうとしている。ひとまずケントが不在なことを伝えると、ヘルから【その方が好都合だ】と返事があった。

一時間後に現れたヘルは、晴香を一目見るなり「ひどい顔だな。そんなに例の屏風に手こずってるのか」と訊ねた。

「そういうわけではなく、いろいろあって」

なにがあったのかと訊かれるかと思ったが、ヘルは詮索せずにいつも通り階段をのぼっていった。ダイニングのスツールに腰を下ろすと、お茶を淹れている晴香に、開口一番でこう訊いた。

「ケントの父親と連絡をとりたいか？」

ポットから茶を注いでいた晴香は、驚いてふり返った。

改めて見ると、この日のTシャツには『猿の惑星』に出てきそうな猿の顔と「人間を研究している」という英文がプリントされていた。やはり毎回のTシャツにはなんらかのメッセージが込められているのでは。

つい目が釘付けになってしまう晴香に、ヘルは淡々と言う。

「おまえたちのことだから、肝心なところで足踏みしてるんだろう。桂二郎はとくに引退してからは神出鬼没で、私でも連絡はつながりにくい。でも今回の納品までに、一度は会っておきたいんじゃないのか？」

心を見透かしたように言われ、晴香はその通りだと認めた。そしてマグを手渡し、ヘルとテーブルを挟んで向きあう。以前、ここに来てお茶を出したときもそうだったが、ヘルは猫舌らしく何度も息を吹きかけている。

その様子を見守りながら、晴香は状況を説明する。

「今回の依頼は、失われた屛風の復元でした。作業はいったん区切りがつきましたが、調査するうちに、桂二郎さんは無傷の状態を見ているかもしれないと分かったんです。だったら、絶対に話を聞きにいくべきだって私は主張したんですけど、スギモトさんから反対されてしまって。連絡先を入手したものの、結局つながらないままで」

「あの父子らしいな」

「今日は桂二郎さんと私を引き合わせるために、わざわざ来てくれたんですね。どうしてスギモトさんにそこまで協力を？」

手伝いを頼むようになってから、ヘルは少しずつ晴香に心を開いてくれている実感があったし、修復士としても認めてくれているようだ。同時に、晴香の方もヘルに興味を抱いていた。今なら正直に答えてくれるだろうと思った。

「私はケントにだけじゃなく、桂二郎にも借りがあるんだ。長いあいだ、私に作品の修復を頼んでくれていた。正規ルートの作品ばかりじゃなかったが、必ず約束は守るし、支払いもよかった。それに、この腕を手に入れられたのも桂二郎のおかげだ」

「義手を？」

ヘルは黙って肯いた。ヘルの義手は、イギリス軍の負傷兵に向けて開発された最新技術が用いられているという。それほど高性能な義手を、ヘルのようなか弱い女性がどうやって入手したのかというのは、以前から疑問に感じていた。

「桂二郎は他人の痛みを想像できる人間だ。私がどん底にいたときに、唯一手を差しのべてくれた。あのとき桂二郎がいなかったら私は生きるのを諦めていた。誰かのためになにかしたいと思えたのは、あの人が最初だ」

ヘルの意外な一面を垣間見たようで、晴香は驚いた。

詳しく質問する前に、ヘルはこうつづける。

「本人に会って話がしたければ、晴れた日の夕方にクロイドンの〈東の果て〉というパブに行ってみるといい。桂二郎がよく一人で飲みにいくところだ。運がよければ見つかるだろう」

「ありがとう、行ってみます」

ヘルは無表情で肯き、立ちあがった。そしてドアから出ていく前に「また家が汚くなってきた」と、こちらに目を向けずに言った。

「え?」

「その、家が汚くなってきたから……」

呆気にとられつつ、晴香はその言葉の真意を理解した。

「もちろん、また近いうちにお邪魔しますね」

晴香が即答すると、ヘルはぎこちない笑みを浮かべて去っていった。


クロイドンは、ロンドンの中心地からは電車で四十五分ほどの、東京でいうなら多摩地区に当たるような郊外のベッドタウンである。地価が高騰して観光地化したソーホーのチャイナ・タウンとは違い、ロンドン近郊のなかでもアジア系の移民が多く暮らしている。あちこちに小規模の中華街が存在し、駅直結のショッピングモールには東洋の食材や雑貨を売る商店が並んでいた。

小さなパブ〈東の果て〉は、駅からほど近いところで営業していた。蔦《つた》で覆われた煉瓦造りの外観は一般的な英国パブと変わりないが、店内に入ると、ずらりとアジア系の銘柄の酒瓶やビールサーバーが並んでいた。また通常はピンボールマシンやビリヤード台が置かれている奥のスペースには、年季の入った雀卓《ジャンたく》が置かれ、その周囲の壁には香港映画のポスターが貼られていた。

店内を見回したところ、桂二郎の姿はなかった。仕方なく晴香はビールを注文し、カウンターに腰を下ろした。背後のテーブルを囲んでいるアジア系のグループでは、晴香には分からない言語が飛び交う。「一人で来たの？」とカウンターの奥で働いている男性店員から話しかけられた。晴香と同世代に見え、インドネシアの出身らしい。「人を待ってるんだけど」と伝えると「なんだ、男？」と興味を失ったようだ。それでも桂二郎の外見を伝えると「ああ、知ってるよ。日本の銘柄の酒を飲んだらすぐに帰っちゃうけど、待ってたら来るんじゃないかな？」と教えてくれた。

晴香はビールをちびちびと飲みながら、タブレットを出して仕事をはじめた。今はパトリシアに渡すためのレポートを作成している。今回の仕事をふり返りながら、ケントとうまく嚙み合ってきたと改めて感じた。晴香の得意分野だけあって、少しずつケントの見えているものが、晴香にも見えるようになっている。彼が求めている一歩先を読んで、うまくサポートできたという実感もあった。

それなのに、なぜケントはあんな結論を出したのだろう。

ケントと言い争ったことが頭をよぎって、つい手が止まる。あれから一度もケントと顔を合わせていなかった。お互いに避けている。言いすぎたと謝るべきだろうか。でも後悔はないし、謝らなくてはいけないことは言っていない。多少傷つけたかもしれないが、ケントにはちゃんと話しておくべきだった。ただ晴香は、ケントから残酷なまでに関係を切られ、顔も見たくないと言われてしまうことが嫌だった。

しかしなぜこれほど気を揉まなきゃいけないのだ。

「またムカついてきた」

日本語で呟いてしまい、目が合った男性店員に曖昧にほほ笑んだ。

そのとき、アジア系の男性が店に入ってきた。猫背気味でさして背は高くない。白髪で七十代ほど。先日フラットを訪ねてきたときと同じく、黒いコートを羽織っているが、足取りはずいぶんとしっかりしている。店にいたグループと顔なじみらしく、近寄って言葉を交わしたあと、カウンターに近づいてきた。

晴香はタブレットを鞄にしまって声をかける。

「こんばんは、桂二郎さん」

彼は少し驚いたように眉を上げて「晴香さんか、驚いたよ」と言った。

「突然すみません。どうしても桂二郎さんにお伺いしたいことがあって、電話を差しあげたんですけど、つながらなくて。それでヘルから、このパブによくいらっしゃると聞いたので、三十分くらい前からお待ちしてたんです」

桂二郎は前回会ったときに比べれば、口調もはっきりしている。前回は顔色があまりよくなく疲れた老人という印象だったが、目の前にいる桂二郎は表情も明るかった。カウンターでウィスキーの注がれたグラスを受けとると、桂二郎は窓際にある小さなテーブルにつくように促す。

「この辺りにお住まいなんですか」

「ロンドンには不動産を少し持っていてね。ケントに詳しく話したことはないが、骨董商として全盛期だった頃に投資した物件だよ。運よく今も利益があって、住まいにもしているんだ。最近はこの近くのフラットを拠点にしている」

「そうなんですね。桂二郎さんとは連絡がつきにくいって、みんな口を揃えます」

「でも君は見つけられたわけだ」

桂二郎はグラスを掲げて乾杯のポーズをとった。

すると新しく入ってきたアジア系の客が、桂二郎に声をかけてきた。お酒好きとは聞いていたが、友人の多いタイプらしい。社交的に見せかけて、じつは警戒心の強いケントとは対照的だ。父の方は前回会ったときにも感じたが、かなりオープンな人柄であり、こちらも気がつけば心をひらいてしまう魅力があった。

「まずはお渡ししたいものが」

晴香は持参していた風呂敷包み――日本美術ではなくとも作品を運ぶときに重宝している

――をほどいて、古めかしい木製の箱を取りだした。手のひらに乗るサイズで、それは桂二郎が以前ベイカー・ストリートに置いていったものでもある。

「イースターエッグだね」

桂二郎は箱を開けた。現れたのは、繊細な輝きを放つ装飾的な工芸品だった。鳥の卵よりも一回り大きな、イースターに贈られるその品を、桂二郎は愛でるように両手で包みこんだ。

「先日いらしたとき、ひょっとしたら私たちにこの修復もお願いしたかったのかなと思ったんです……金属部分の錆や汚れをとって、動きにくくなった開口部のパーツを交換しておきました」

晴香が伝えると、彼はイースターエッグをそっと箱のなかに戻した。

「ありがとう。あの夜は、私もつい感情的になってしまって、本題を話せずに帰ってしまって申し訳なかったね。情けない父親だよ」

そう呟いた彼を見て、他にも息子に修復してほしい作品があるのかもしれない、と晴香は直感的に思った。引退したとはいえ、自営の骨董商というのは明確な定年のない仕事に違いない。今でも旧知の客から依頼を受けるだろうし、自分が持っている作品のメンテナンスも必要だろう。

「いいえ。ケントさんからよく、桂二郎さんのことを聞いていました」

「きっと悪口ばかりだろうね」

「そんなことはありません。素直じゃない態度をとるときもありますが、お父さんを尊敬しているんだろうなと、以前から思っていました」

桂二郎はほほ笑みを浮かべると、グラスに視線を落とした。

「前にも少し言ったけれど、ケントには父親らしいことをなにもしてやれなかった。早くに母親を亡くして、あいつは大人にならざるをえなかったんだ。子どもらしく甘えられる時間はごく短かった。酒浸りになってしまった父親のせいだね。ケントはつねに私を心配して介抱しようとしてくれた。でも彼の思いやりを受けとめられず、逃げてしまったのは私の方なんだ。そのせいで今でも溝があって、お互いに素直になれない。先日の失態からしても分かっただろう？　少なくとも君のような存在が、彼のそばにいてくれて安心してはいるけれどね」

笑顔を返したものの黙っている晴香に、桂二郎は仕切り直すようにウィスキーを一口飲んだあと訊ねた。

「それで、私に訊きたいことがあるとか？」

「そうなんです」

晴香は一呼吸置いてから、順を追って話しはじめた。

ヘルからパトリシアの件を持ちかけられたこと。パトリシアの邸宅で生前のオリビアと赤子だった頃のケントの写真を見たこと。失われた屛風の復元を任されたこと。調査で訪れた京都の寺で、住職から桂二郎と兄が屛風に関わっていたと聞いたこと。ひとまず屛風の復元は終わったが、ケントに黙って手がかりを探していること。桂二郎はまるでその展開を予想していたかのように、驚くことも質問を挟むこともなく、ただ黙って耳を傾けていた。

晴香が説明を終えると、桂二郎は口をひらいた。

「パトリシアからは、どんな話を？」

「あの方は桂二郎さんたちについて、詳しく教えてくれませんでした。ただ、ケントさんが成長する前に、桂二郎さんたちと疎遠になってしまった、とだけ。そしてその関係をやり直すために、今回の依頼をしたのだとも聞きました。それですべてです」

桂二郎はグラスを手にとったが、口には運ばなかった。

「たしかにパトリシアと連絡をとり合ったのは、何十年来だったよ。最後に会ったのはオリビアの葬式だった。昔は夜中までおしゃべりに夢中になっていたのに、あの頃には気軽な世間話さえできなくなっていた。そう考えると、あの屛風は私の人生に二度も深く関わったことになるね」

「二度？」

「ああ。一度目は、兄との悲しい思い出に。二度目は、オリビアを喪った理由に」と遠くを見つめながら言ったあと、「いや、でも本当の原因は、自分自身でしかないけれど。屏風はきっかけにすぎなかった。きっとあの屏風がなくとも、同じ結果になっていた」と独り言のように呟いた。

「立ち入った質問とは承知していますが、私にも教えていただけませんか？　あの屏風について存じのことを、他ならぬケントさんのために知りたいんです」

拒絶されるかもしれないと思ったが、桂二郎は「いいでしょう」と肯いた。

「年をとると、欠点が強調されるとよく耳にする。でも人によっては、欲を出したり見栄をはったりすることが、どうも馬鹿らしく感じられることもある。私はどちらかというと後者の方でね。心残りはひとつでも減らして幕引きしたいんだ。でもパトリシアや妻の話をする前に、順を追って話そう。まずは、兄についてだね？」

「日本画家だったとお伺いしました」

晴香が言うと、桂二郎は「ははっ」と笑った。

「たしかに独学で日本画を描いてはいたけれど、画家というには素人すぎた。私には素晴らしいと感じられる作品でも、世間の人には一切見向きもされなかったよ。でも兄はそのことをちっとも気にしていなくてね。むしろ兄は『人が自分をどう見るかなんて、どうでもいい。

肝心なのは自分がどう見るかだ』とくり返した」

ケントのことを思い出した晴香は、桂二郎にそのことを伝える。

「たしかにケントは兄の美徳を受け継いでいるかもしれないね。兄は自身で描く才能には恵まれなくても、他人のつくった美術品の質を見抜く際立った能力があった。それに少なくとも、幼かった弟のことは可愛がってくれて、よく冗談を口にする愉快な人でもあった。私には兄にしか話せないことがあったし、二人で遊ぶのがとても楽しかった。私には見えないにか……おそらく美術品に限らず、物事の本質のようなものが兄には見えていたんだ」

人はそれを鑑識眼と呼ぶのだろうか、とケントのことを晴香は思った。

「兄のたしかな目を、子どもの頃に間近に学べたことは、私にとって骨董商としての財産になったと確信している。そんな兄が心奪われてしまったのが、あの屛風だよ。興心寺光球院に安置されていた」

「私たちも、光球院の北上住職から話を聞きました」

桂二郎は肯いた。

「北上さんか……まだお元気で？」

「かくしゃくとしてらっしゃいましたよ」

「住職は兄を嫌っていたんだ。というか、兄は大人たちみんなに嫌われていた。でも兄はあの屏風について、寺で人知れず埋もれるものじゃない特別な存在だと主張した。真の価値が明らかになれば、国宝になってもおかしくない、とね。なぜなら、あの狩野永徳の気配とその息子の光信の新たな様式が混じっているんだから、と兄は私にこっそり教えてくれた。熱心にあの寺に通っては、自らの作品と引合わせて鑑賞していた」

屏風が燃えるまでの経緯は、老住職から聞いた内容とほぼ一致した。火災が起こった夜、近隣住民が兄を目撃しており、警察は兄に放火の疑いを向けた。しかし兄は実のところ、その頃深夜に人の目を盗んで、何度も寺に足を運んでいたのだった。その夜はたまたまボヤ騒ぎが起こり、慌てて帰宅したところを弟に見られた。しかし兄は火をつけたわけではなく、ただストーカーのように寺の周囲を頻繁にうろうろしていたのだ。その後、兄は人との関わりを絶つようになり、数年後に心筋梗塞で亡くなったという。

「兄は実家で暮らしていたものの、ほとんど部屋から出てこなかったから、発見が遅れてしまったんだ。その頃になると、私にも心を閉ざすようになっていてね。私も正直、兄のことを憐れんでいた。そう、憐れみほどひどい感情はないのに」

そこまで話すと、桂二郎はしばらく黙りこんだ。

葬式に参列したのは、家族とごくわずかな知人だけだった。

火葬場から上がる一筋の白い煙を見ながら、桂二郎は悟ったという。この世の中、間違っていないか。経済活動に組み込まれ、社会の役に立っていなければ、価値がないと見做されるなんておかしい。

そこで桂二郎は、そんな世の中で意地でも成功してみせると決意した。まず猛勉強したのは、骨董についてではなく、株や投資といった富の流れ方だった。もっとも効率的に稼げる、金で金を増やすような方法を身につけていった。

幸い、桂二郎にはその素質があったが、本当の目的は金持ちになることではなく、兄のような人を救うことだった。それしか兄に対する罪滅ぼしはないと思ったのだ。桂二郎は兄に対して、とてつもない罪悪感を抱いていた。

勉学そっちのけでのめり込んだ株の収入で、当時珍しかった権利売買というものに目をつけた。当時はインターネットも携帯電話も普及はおろか、認知さえされていない時代だった。その価値を理解する人もまだ多くは現れていなかった。そこに投資家としての生まれ持った嗅覚が反応した。

その嗅覚は正しく、桂二郎は幸運にも中流家庭の若者としてはあり得ないような多額の資金を手にすることになった。

しかし桂二郎の目的は、金を稼ぐことそのものではない。その金を元手にして、骨董商をはじめること――それが彼にとっての真の目的だった。好きなもので食っていくことが可能だと世の中に、いや、亡くなった兄のために証明したかった。

就職もせず、関西の骨董業界で修行を重ねた。老舗で見習いをしたり市場を渡り歩いたりして、商売を成立させる方法を現場で学んでいく。とくに京都では毎日どこかで骨董市が開かれており、勉強する場には困らなかった。

「気がつけば、私はやたらと骨董品を買っていく『若隠居くん』というあだ名で知られるようになっていたよ。でもいくら資金があっても、自分で商売をするとなれば、なかなかうまくは運ばない。たとえば売立のために旧財閥や名家の蔵を訪ねて回るとき、いくら私が的確なことを言っても、相手は聞く耳を持たないんだ。骨董市場のプレーヤーになりたくても、何代目とか、老舗の看板がなければ、名刺さえも受けとってもらえない世界だったよ」

「それで、イギリスへ？」

「まさに七〇年代後半のイギリスでは、間近に迫った日本の好景気の波を受けて、空前のアジア美術ブームに沸く兆候が見られていたんだ。そこでも、私の投資家としての嗅覚が働いたというわけだよ。まだ東洋人の骨董商も少なかったしね。イギリスの骨董業界も保守的なところではあったけれど、ある意味では風通しのいい面もあった。それは同じく日本から来た君にも、分かるんじゃないかな？」

「ええ、想像はつきます。なんとなくですが」

「二十六歳のとき、私はイギリスに拠点をうつした。それも兄の影響だった。兄はまだ心を病む前に、しばらくヨーロッパ放浪の格安旅をしたことがあってね。いくつか都市を回ったけれど、ロンドンはとくに印象的だったと話していたんだ。大英博物館のことも聞いたりしてね。

たしかにイギリスには、自国のものだけではなく、アジアを含む五大陸の美術品へと広く興味が向いている蒐集家が多くてね。だから商売もしやすかったし、なによりイギリスにはたくさんの未知なるアジア美術が眠っていた」

その頃にロンドンに渡った若き日本人の心境に想いを馳せた。急成長する母国の経済に後押しされ、はるか遠くの異国に飛びこんだわけである。なにもかもが光り輝いてうつったに違いない。その輝きを恣にして、成功をおさめたのが桂二郎だった。

「もう一杯、どうかね？　私が奢《おご》るよ」

「ありがとうございます。お言葉に甘えて、同じものを」

桂二郎は肯くと立ちあがり、カウンターからビールを二杯持ち帰ってきた。晴香は恐縮しながら「つぎは私が奢ります」とグラスを受けとったあと、「本当にすごいです。人脈もイチからつくりあげて、そこまでの成功をおさめるなんて、相当な苦労と実力がないと実現できなかったでしょうね」と伝えた。

「運がよかっただけだよ。ただ妻と出会ったおかげで、今の私があるんだ」

そう答えると、桂二郎はジャケットの胸ポケットから手帳を出した。そして手帳にはさまれていた一枚の写真をすっとテーブルのうえに置いた。パトリシアの邸宅で見た写真の女性と同一人物がうつっている。栗色の髪をした美しい女性である。肌が白くて健康的な笑みを浮かべていて、どこかアンジェラに雰囲気が似ていた。またケントの整った顔立ちは、母ゆずりでもあるようだ。

「本当に素敵な方ですね」

「一目惚れだったよ。彼女は学生時代にアジアを旅した経験があって、出会ってすぐ意気投合したんだ。とくに東洋思想のスピリチュアルな側面に惹かれたらしい。彼女は美術品のことも、未知の儀礼の延長線上にある、神聖なものとして見ていた。ある意味で純粋な女性だったね……」

桂二郎は深呼吸をしてグラスに口をつけ、「すまない。つい感傷的になってしまって。今日は屏風について訊きにきたんだったね？　イギリスに渡ったあと、兄との思い出のある屏風のことは、すっかり記憶の片隅に追いやられていた」と言った。

つぎに屏風のことが耳に入ったのは、桂二郎は骨董商として軌道に乗りはじめ、ケントが小学校に入った頃だったという。家族を支えるために、少しでも仕事を成功させたいと考えていた。

「金そのものや名声が欲しかったわけじゃない。その先にあるものが欲しかったんだ」

「その先にあるもの？」

晴香が訊き返すと、桂二郎は肯いた。

オリビアの実家は、イングランド北部にある保守的な貴族階級の家柄だった。今では考えられないような人種差別が横行していた当時、アジア系と結婚することに対して、風当たりはあまりにも強かった。オリビアは両親から大反対を受け、ケントが成長してからも溝が残っていた。

どうにかして、彼らに自分を認めさせたい。そんな焦りがあった桂二郎は、どんな仕事にも手を出していた。頼まれたことならなんでもこなした。どんなに汚い仕事でも。しかし皮肉にも、桂二郎が仕事に集中すればするほど、オリビアの心が離れていくように感じた。彼女のためには成功して金を稼ぐべきだと思っていたし、それが自分にとっての正義だったが、二人の関係にとっては正解ではなかったのである。

しかも桂二郎は、そのことを理解するのに時間がかかった。結婚後、オリビアは仕事を辞めた経緯もあり、家に引きこもりがちだった。精神的に不安定になっていく彼女を、なんとかして助けだそうとしても、理由が分からないので対処の仕様がなかった。むしろ彼女のために頑張っているのに、と苛立ちばかりがつのった。

「今からふり返れば、裕福な実家に馴染めずに、アジア系の自分と結婚して苦労を重ねている妻と、誰にも理解されずに亡くなった兄のことを、私は無意識のうちに重ねてしまっていたんだと思う」

「お兄さんと?」

「二人は全然似ていなかったけれど、私の個人的な感情として、以前守れなかった大切な人への代償として、今度はオリビアを守りたい、守らなくちゃいけないという使命感にかられていたんだ。でもその感情こそが、裏目に出てしまった。資産を持つ実家が嫌で、距離をとっていた彼女が、お金を求めるはずがなかったのに」

桂二郎はそこまで話すと、息を吐いた。

「他人にののしられようと、蔑まれようと構わない。でも憐れまれるのだけは、どうしても耐えられない――。彼女から、そう言われたことがあってね。たしかに私はいつのまにか、彼女を愛するというよりも、憐れむようになってしまったのかもしれない。憐れみほど人の尊厳を傷つけるものはないと、兄の一件から学んだはずなのに」

例の屏風が市場に現れたという噂を聞いたのは、そんな頃だった。

桂二郎は兄の死後、独自にあの屏風について調査をして、兄は間違っていなかったのだとった桂二郎は、檀に連絡をとった。

しかし檀は、イギリスで名を馳せていた桂二郎が、わざわざ自分に連絡してきたことに気をよくして、作者不詳の屏風としては破格の値段を提示した。永徳の真筆であれば、決して高すぎる値段ではないものの、桂二郎は躊躇した。骨董店の在庫をいくつか手放せば準備できるとはいえ、すぐさま現金が必要だった。悠長にしていては、他に売り飛ばされてしまう。

「そこで私はオリビアの資産を借りることにした」

「資産というのは？」

「彼女が実家から受け継いだお金だ。しかも黙って手を出したんだ」

「え、事情を話さなかったんですか」

「彼女は決して実家の資産に手を出そうとしなかった。だから断られるのは目に見えていた。私は彼女を怒らせずに、尚且つ自分の望みを叶えたかったんだ。なんせあの屏風は死んだ兄にとって特別なものだった。どうしても手に入れたかった」

そこで桂二郎は、妻には別の用件を偽って書類にサインをさせ、資産を入手した。しかし少し経ってから、その資産は正式な預金ではなかったと判明する。オリビアの実家から違法に受け継いだグレーゾーンの口座で、もし明るみに出れば、彼女だけではなく実家も罪に問われる危険があった。

だからオリビアが気づいたとき、烈火のごとく抗議された。結局、あの屛風の取引は成立直前に破談となり、夫婦間の決定的な溝をつくっただけだった。そして彼女はますます自分の殻にこもるようになった。

「しかも、状況はもっと悪くなった」

せめて自分が買えなくても、兄の遺志を尊重するために、しかるべき環境で多くの人の目に触れるように、博物館などの公共機関に納品してほしい。桂二郎は檀にそのことを頼みこみ、檀もしぶしぶながら承知してくれたはずだった。他に買いたいという手は挙がっていなかったからだ。

だが結果は、そううまくは運ばなかった。

「パトリシアが知らないあいだに買っていたんだ。屛風好きの彼女にだけ、私は食事の席で話していたんだよ。信じられないほどの価値を持つ屛風が、日本の市場に流されることになったから、それを見にいくんだって。どういう経緯で檀とパトリシアがつながったのかは分からないが、きっと彼女の方から連絡をとったんだろう。でも彼女は私にそのことを一切相談しなかった。結果的に、あの屛風は公共のものではなく、ラスター邸の地下室でふたたび眠ることになった。

まぁよくある話だし、他の美術品なら意に介さなかったよ。でもあの屏風だけは、どうしても横取りされたくなかったんだ。しかも普段、私から作品を買ってくれる信頼するコレクターだからこそね。私は彼女に裏切られたと感じ、激怒した。パトリシアは理解できないと突っぱね、私たちの関係に二度ともとに戻らない亀裂が入った」

そこまで話すと、桂二郎は押し黙った。

「今からふり返れば、なぜあれほどまで屏風に執着したのか、自分でもよく分からないくらいだよ。ありていに言えば、あれさえ手に入れば、漠然とすべてをやり直せる気がしたんだろうね。実際には、自分にとって真に大切なものを、多く失ってしまったわけだけれど。愛する妻からの信頼、異邦人である自分を応援してくれたコレクターとの友情……どちらも失った」

屏風との因縁を話し終えると、桂二郎はふたたび押し黙った。

夜も更けたせいで、パブ店内の客数は減っていた。晴香はなんと言えばいいのか分からなかった。桂二郎が訪ねてきた夜、ケントがベッドルームで話してくれたことを思い出す。父は何らかの裏切りをしたのだと言っていた。

「若い頃の私は、欲しいものと必要なものが食い違っていたんだ。昔は金さえあれば、世間的な成功や欲しいものさえ摑めば、幸せになれると信じていた。でも現実は違った。誰か一人を、大切な人を守ること。それが私に求められていた役割だった。それなのに欲しいものを追うばかりに、必要なものを失った」

晴香は「欲しいものと必要なものが違う」という言葉の意味について考えながら、こう訊ねる。

「それなら今の桂二郎さんには、なにが必要なんでしょう」

「今の？」

「ケントさんは今、その屏風を復元しています。どうか彼のために、力を貸してもらえないでしょうか」

桂二郎はとうに空になったグラスを手にとり、またテーブルに置いた。

「寂しい幼少期を送ったケントには、オリビアが死んだのは自分のせいだと思っている節があった。オリビアを喪ったあと、ケントが通っていたカウンセラーに『大切な人は必ず自分のところからいなくなる』と話していたと聞いて、本当に申し訳なくなった。ケントはああ見えて、すごく優しい子だから、今もオリビアに対する自責の念を消せずにいるのかもしれない」

その話を聞きながら、野上の誘いを受けるように勧めたのは、いずれ晴香も含めた全員が、自分のもとを去ると信じこんでいるからだろうかと思った。だとしたら、なんとしてもケントの近くに留まって、その悲しい強迫観念を打ち消すべき人が必要だ。そんなことを考えていると、桂二郎は表情をやわらげた。

「ありがとう」

「え？」

「ここまで腹を割って話すことにしたのは、君だからこそだよ。私自身君に心を動かされたわけだ。きっとケントも、同じだと思うよ」

晴香は今すぐフラットに帰って伝えたくなった。父からいかに心配され、愛情を向けられているのかを。

「こちらこそ、話してくださって感謝します。ただ、偉そうなことを言うかもしれませんが、桂二郎さんはひとつだけ、ケントさんのことを誤解なさっていると思います」

「誤解？」

「ケントさんがあんな風に人に優しくできるのは、愛されて育ったからこそです。だからつらい出来事があったとしても、彼の幼少期は寂しいだけじゃなかったはず」

桂二郎は表情をやわらげると、なにか思いついたように立ちあがって手を差しのべた。

「君たちの力になれるかもしれない。少し時間をくれるかな？」

「もちろんです。よろしくお願いします」

晴香は手をとって頭を下げた。そして二人は、落ち着いたらベイカー・ストリートのフラットでまた会う約束をしたあと、店先で手をふって別れた。

駅からベイカー・ストリートまで戻る電車のなかでスマホを確認していると、京都で世話になった鍵師の律子からメールが届いていることに気がついた。

ルイ十六世の錠前が無事に国際便で届いたらしく、まずはその礼がつづられていた。実物は想像以上の状態のよさなので感激している、また開けてほしい錠前があったらいつでも連絡するように、と書かれていた。

そのあと、律子のメールはこうつづいた。

【ところで、ケントくんの工房を辞めちゃうって本当ですか？

じつは興心寺に錠前破りにいく前夜、用があってケントくんに連絡しました。すると「どうしても飲みたい」って居酒屋に誘われたのです。会ってみると、晴香ちゃんの姿がなかったのでどうしてかと訊ねたら、「あいつはつぎの就職先を見学に行ってる」って言うじゃない。驚きました。

ここだけの話、あの夜ケントくんはベロベロに酔っぱらっていました。これまでもケントくんは日本酒好きで、会うたびに飲みに連れていってあげてはいましたが、あんなに悪酔いしたのははじめてです。それにも驚きました。

しかもクールな彼らしくもなく、「なんで辞めるんだー!」みたいな調子で愚痴ってきたので、「本人に言いなさいよ」と助言したのですが、「それは嫌だ」の一点張り。ケントくんとしても、複雑な心境みたい。自分と組んでいたら危険な目にもあわせるけれど、母国に戻ればきちんとしたキャリアも積めるし、あんなに語学ができる修復士は日本では珍しい、と。あなたのことを高く買っていて、真剣に考えているからこその悩みだと伝わりました。

そんな話を聞いていたら、私ももどかしくなってね。「告白しちゃえば?」って茶化してみたら、ケントくんってば「恋愛なんかじゃ終わらせたくない」って答えるじゃない? 胸キュンよ、胸キュン! 死語かもしらんけど。私ももう少し若かったら、なんて羨ましくなりました。ほんと、若いっていいわね。

鍵師として言えるのは、どんなに相性のいい鍵と錠前も、長く使っていれば噛み合わせが悪くなって当然。その都度、調整していけば末永く使うことができます。肝心なのはぴったりと合う鍵を見つけたときに、手放さずにいることじゃない?】

メールを読み終えたとき、頰が熱くなっているのに気がついた。たしかに興心寺で律子に錠前を開けてもらったとき、ケントは調子が悪そうだった。暑さにやられたのかなと思っていたが、まさか二日酔いだったとは。この週末はフラットで手の込んだ料理をつくろう。そのためにアジア食材店に寄って帰るのもいい、と晴香は久しぶりにウキウキした気分で計画を立てはじめた。

第五章

冬

CONSERVATOR

納品用に中古で購入したレンジローバーで、二人はストーク・オン・トレントに向かっていた。約束の時間は正午。ナビではおよそ三時間弱と表示されたが、実際は道の状態によって四時間弱はかかると踏み、早朝に出発していた。高速道路からは地平線までつづくのどかな田園風景が望めた。小雨がぱらついたと思ったら、また晴れ間が見えたりと、不安定な初冬の天候だった。

安全運転を心がけながら、晴香がハンドルを握っている。助手席に座るケントはティッシュで鼻をかんだ。去年と同様、この時期になると体調を崩しがちのようだ。朝からくしゃみを連発している。

「後部座席にいいものがありますよ」

ケントは後部座席に首を伸ばす。出発前に忍ばせておいた紙袋には、お手製のしょうがスープを入れた水筒と、おにぎりや玉子焼き、ソーセージといった日本風のお弁当をタッパーに詰めていた。

「また急にどうした？　この前までカンカンに怒ってたのに不気味だな」

「スギモトさんのためだけじゃないです。私の分も残しておいてくださいね」

ケントは肩をすくめつつも礼を言い、おにぎりを手にとった。

桂二郎に会ったことは、帰宅後ケントに見破られた。「パパの匂いでもついてますか」と茶化したが、ケントは怪訝そうに「クロイドンに会いにいったんだろ？　あそこのアジア食材店の袋が置いてある」と答えた。そして「マクシミランの次は親父か？」ととんでもない皮肉を返すので「デートじゃありません！」と断言しておいた。

桂二郎が心配しているという旨は伝えたものの、肝心の屏風の手がかりを思いついた様子だったことは、まだなんの連絡もないので言わずにおいた。

「野上先生のことなんですけど、今日はっきり断ります」

「それも急な決断だな！」

「もう決めたんです。まだ新しいルームメイトが見つかったわけじゃないんでしょ？」

「そうだが、せっかく背中を押してやったのに」

晴香が桂二郎と踏みこんだ話をしたことも、律子からメールを受けとったことも知らないケントには、なにがなんだか事情が分からないようだ。態度が変わりすぎてついていけないなどと軽口を叩いてくるけれど、以前のように腹は立たなくなった。

「とにかく私は今スギモトさんと仕事ができて楽しいんです。ただし、ひとつお願いがあります。助手からパートナーに昇格させてください。今後はただサポートに徹するんじゃなくて、私も一人の独立したコンサバターとして、対等に仕事を引きうけたいんです」

少しは否定されると思っていたが、ケントの反応は思った以上にあっさりしていた。

「頼もしい限りだ」

分厚い雲は遠くの方で途切れ、青空がのぞいていた。


ストーク・オン・トレントには予定通り、午前中に到着した。前回訪れたときに比べれば、駅前の街路樹はすっかり葉を落としていたが、年に一度の陶磁器マーケットがひらかれているおかげで市街地は賑わっていた。

郊外にあるパトリシアの屋敷にも、続々と車が集まってくる。パーティの出席者が揃う頃には、二人はパトリシアからの指示で、復元した屏風を運び終えていた。あとはお披露目を待つのみである。

邸宅まで走る道中、ケントは郵送されてきた今日の招待状を胸ポケットから出した。

「俺たちが復元した屏風は、ほぼ完璧な出来栄えといっていい。でもそれを認めるかどうかは、パトリシアの審美眼次第だな」

「今回の審査には、パーティの出席者の意見も反映されるんですね」

　パトリシアから届いた高級感のある紙に万年筆で直筆された招待状には、復元が完成した屏風のお披露目を兼ねていると記されていた。イギリス中の東洋美術愛好家たちに声がかけられ、なかにはプロの目利きも来るという。パトリシアいわく、彼らの反応も勝敗の決定材料にするとのことだ。

　だからこの日の二人の服装もフォーマルだった。普段のケントはチノパンかジーンズにセーターというつでも作業に入れる格好だが、スーツにネクタイまで締めている。晴香の方も、ワンピースにジャケットを羽織って全身黒で統一した。

「暇を持て余した社交好きの貴族が考えそうな企画だ。パトリシアは定期的に自分のコレクションを見せるために人を屋敷に呼んでいるからな。でも最終的な決定権は、もちろん彼女自身にある」

　お披露目が行なわれる広間には、総勢十数名の招待客が集っていた。パトリシアから紹介されたのは、コレクターや作家、研究者といったさまざまな肩書の人々だった。イギリス人だけでなく、アジア系もいる。なかにはケントの知り合いもいて、軽食をとりながら会話に花を咲かせた。

　その傍らで、晴香は会場にいた野上と目が合う。

　野上は会話を切りあげて、晴香の方に近づいてきた。

「先生、京都ではありがとうございました」

晴香が頭を下げると、野上は「いいえ、こちらこそ」とほほ笑んだ。野上をはじめ、同行しているアシスタントたちは昨晩日本から到着し、作品は一足早くこの邸宅に届けられているという。

「こんなに大勢の前で、成果を披露するのははじめてです」

「パトリシアは人を集めるのがお好きなようですね」と野上は答える。以前、修復を引きうけた別の作品でも、納品したあとに盛大なパーティがひらかれたという。また日本に来るたびに彼女を囲む会を開催すると喜ばれるのだとか。

当たり障りのない話をしたあと、晴香は一呼吸を置いてから「先日お話ししたことの返事なんですけど、今お伝えしてもいいですか」と訊ねた。

「審査を待たずに?」

「はい。本当にありがたいお誘いでしたが、今は先生のところに戻れません」

野上は眉をひそめて「どうして?」と訊ねた。

「スギモトさんと一緒に頑張りたいからです。ずいぶんと待っていただいたのに、本当にすみません」

「謝ることはないです。ただ、それは残念ですね……私にとってというより、糸川さんの将来にとってです。後悔しませんか？　あなたが思い直したときに、また今回のような勧誘ができるかは分かりませんよ」

「それは十分承知しています。よく考えて出した結論です」

晴香の決意が固いことを悟ったらしく、野上は息を吐いた。

「うちに戻ることが、あなたにとって最善の選択だと思っていましたが」

「そうでしょうか？」

「大きな博物館や美術館で社会的信用のある安定職についているならまだしも、完全に独立しているんでしょう？　糸川さんにはっきりと言おうかどうか躊躇しましたが、悪評も立っているみたいだし、私だったらとても信頼できませんね。彼のために時間を無駄にするのは賛成しかねます」

おだやかな野上が、こんな風に否定的な意見を述べたてるのははじめてだった。晴香は戸惑いながらも、「評判や肩書じゃなくて、彼個人を見て決めました。仕事のやりがいは評判や肩書とは関係ないと思うからです」とはっきり意見を伝えた。野上は目を見ひらいたあと、腕組みをして「なるほど」と肯いた。

「糸川さん、変わりましたね」

「かもしれません。こちらからも野上先生に訊きたいことがあるんです。先日、行政や企業からの援助なくしては、文化財を守ることはできないと先生は言いました。だから特権的に守られるべきだって。でもそれは本当なんでしょうか？」

しばらく野上は晴香を見ていたが、やがて息を吐いて「それは質問ではなく、あなたの考えとして受けとめておきましょう。いずれあなたがそのことを証明してくれることを期待しています」と答えた。

「分かりました。私も先生に恥ずかしくないように頑張ります」

「では、のちほど二人の復元を見られるのを楽しみにしています」

去っていく野上の姿を見ながら、晴香は背筋を伸ばした。

＊

場があたたまった頃、パトリシアがお披露目会のはじまりを告げた。広間には、邸宅に保管されていた一枚欠けた屏風が、照明を浴びて展示されている。欠けた部分には、スペースが残されていた。

パトリシアはその前に立つと、簡単に修復士たちの紹介をする。そして一組ずつ、完成させた復元について簡単なプレゼンを行なってもらうと説明した。どういった手順で作業を進め、なにを重視して復元したのかを明確にするためだ。

はじめに発表するのは、北京のドクター・チェンだった。

スーツ姿の男性が壇上に上がり、布で覆われた作品を運びこむ。それを屏風のとなりに置くと、布がとりはらわれた。現れたのは、金箔を背景に力強い筆致で描かれた、老梅の絵だった。

四季のうちで欠けた春の部分を、永徳の全盛期に勝るとも劣らない、豪快なタッチで表現していた。既存の部分に比べれば、スピード感があって力強い。マイクを受けとったドクター・チェンが、解説を加える。

「じつはこの梅の木は、われわれが描いたのではないのです。われわれが独自に開発したAIソフトによって、狩野永徳という絵師をよみがえらせました。AIソフトは永徳のあらゆる特徴や癖を学習し、この構図を決定しました」

脇に設置されたスクリーンに、さまざまな絵が表示される。ドクター・チェンいわく、それらはAIによって提案されたものだった。さらに開発チームがコンピュータに向かう様子がうつされた。

「今の時代、AIは絵を描いたり、歌を歌ったり、当たり前に創作活動をこなします。今回は永徳の筆とされる作品だけでなく、色濃く影響を受けたとされる絵師の筆を、膨大な数のデータベースにまとめ、独自の癖やニュアンスを含んだ筆さばきや色遣いを再現することに成功しました」

「最新技術による挑戦的な復元、というわけね」

パトリシアは興味深そうな表情を浮かべながらも、「しかしそれだけでは、類似作品の模倣にとどまるんじゃない？　それにどうやって紙に描いたの？　まさかプリンターで再現したのかしら」と訊ねる。

「いい質問です」

ドクター・チェンは細いフレームの眼鏡を押しあげると、笑みを浮かべた。つぎにスクリーンにうつしだされたのは、アジア系の男性が巨大な紙に向かって、全身で筆をふるう様子だった。

「こちらにうつっている人物は、わが国で今もっとも注目されている書画の大家です。そもそも狩野派というのは、中国の書画から学んだ人たちです。日本は中国の属国として、文化を含むあらゆる面で大いに恩恵を受けました。ですから、中国の書画家にこそ、その源流があるわけですね。ＡＩによって導きだされた構図を、この書画家の先生が卓越した技術で、紙に起こしました」

いや、気持ちは分かるけど、朝貢はしていても属国だったわけじゃないよ、と心のなかでツッコむ。それにずいぶんと自信満々な口ぶりだが、彼らの独自の観点が前面に打ち出されているのはいただけない。修復はいかに自分を消すかだ、という大学時代に野上から習ったことを、晴香は思い出す。その点では彼らの修復に対する考え方は真逆を貫いていた。しかし有無を言わせない強引さがあり、会場の空気は彼らのプロジェクトを受けいれているようだ。

「こりゃ、すごい」

ケントから渡されたスマホを見ると、その書画家の作品は一億円単位で落札されているという。なるほど、現代版・中国の永徳とでもいうべき存在だ。

「復元というより、完全オリジナルな現代アートだな」

ケントの意見に、晴香も同意する。

ドクター・チェンのプレゼンが終わると、つぎに屏風の前に立ったのは野上だった。野上が完成させたのは、ドクター・チェンの一枚とは対照的な、華やかさや奇怪さも控えめな野生の梅の木だった。

さきほどの絵が晩年の永徳が描いた老梅を連想させたとすれば、この一枚は若き日の永徳が仕上げた梅の木に近い。ダイナミックに右へ左へと枝が伸びて、生命力に溢れていながらも自然に他の風景に溶けこんでいる。

前情報がなければ、どの部分がもともと欠けていたのか、問われても分からなかったに違いない。そう思わせるほど完成度が高かった。仕上げも緻密で、古びを帯びた既存の状態と年代差をほとんど感じさせない。

「ドクター・チェンの復元はお見事でしたが、日本美術の修復に関しては、日本にこそ神髄があります。国内で、長年技術を守ってきた職人たちを侮ってはいけません。私はそんな職人たちの力を借りて、長いあいだ永徳の屛風を修復してきました。この一枚には一目で分かるような派手さはありませんが、これまでの集大成としてさまざまな経験の上に成立しています」

近くで見れば見るほど、非の打ちどころがなかった。その凄味は、自分たちも同じ作業を行ない、永徳のことを分析してきたからこそ、理解できるものでもあった。

野上は煉瓦をひとつずつ積み重ねるように、地道に作品を修復していく人だった。筆を加えるときもあらゆる角度から検証し、少しでも納得がいかないと作業を中断させることもしばしばだった。長年培ってきた膨大な経験には、迅速でありながらたくさんの検証と根拠が積み重なっている。

「ドクター・チェンの復元は美術品として面白い作品には違いありませんが、学術的な復元としては、チームの思想が強く反映されすぎています。一方、われわれは確固たる論拠にもとづいて、この復元をしました」

「論拠とは？」とパトリシアは訊ねる。

「こちらを発見したのです」

スクリーンにうつされたのは、墨で描かれた簡易な下絵だった。今回彼が仕上げた一枚と同じものも含めて、六曲がまとまっている。そこにはたしかに、野上が完成させたものと瓜二つの絵が描かれていた。

自分たちの復元とそれとのあまりの差異に、晴香は衝撃を受ける。

調査の過程で目を通した伝記や手紙によれば、あの「四季花鳥図」はもともと光信が手がけたものであり、永徳が下絵を描いていたはずがない。混乱しながら、スクリーンの下方にあった印に、晴香は目を瞠った。そこには「州信」の落款が記されていた。

「お気づきの通り、これは永徳本人が描いた下絵です。われわれのチームは京都に太いコネクションがあり、極秘ルートからこれを発見しました。もちろん、この下絵自体もたいへん価値の高いものです」

会場が騒然とするなかで、晴香は思わずケントに「どういうことですか？　私たちが発見した縮図とまったく違いますけど」と囁く。

「そうだな……ただ、あり得なくはない。光信から山楽に宛てられた手紙が見つかったことはまだ公になっていない。証明されるには長い工程が待っているし、仮に発表したところで賛否両論あるだろう」

「でもどうして縮図と下絵が、ここまで違うんでしょう？」

「四百余年前の狩野家は、あれを永徳筆にすると決めた。だからこそ光信が描いていた下絵にも、永徳が署名をしたのかもしれない。しかも光信は、安土城に行ってから永徳とともに構図を変更した、と手紙に記していた。だから下絵と縮図では、かなりの違いが生まれたわけだ」

そうなれば、他人が完成したものを描いた縮図よりも、本人が完成する前に描いた下絵の方が、説得力があるような印象を受けてしまう。

「今そのことを主張しても、パトリシアの耳に届くかどうか分かりませんね」

「まぁ、やってみるしかない」

ところがパトリシアはすっかり感動した様子で、野上のチームが復元させた屏風に見入っている。ケントの復元を見ずして採用せんばかりだ。すでに二枚の復元を目にしたあとなので、自ずとハードルも上がる。

「ありがとう。両チームともに、私の想像をはるかに超えた出来栄えの一枚を提示してくれたわ。すでに甲乙つけがたいけれど、最後にケント・スギモトのチームが仕上げたものを見せてもらいましょう」

パトリシアは言い、ケントを手招きした。ケントは自らが復元した作品を、招待客の前に公開した。

「われわれはパトリシアよりも昔の持ち主である、江戸時代からこの屛風を所蔵してきた京都のとある寺を訪れました。そこで、長年眠っていた永徳の息子、光信から山楽に宛てた手紙を発見したのです。その手紙には、このような縮図が添えられていました」

スクリーンに例の縮図が表示され、会場はふたたびざわめいた。立てつづけにまったく異なる構図の証拠が出てきたとなれば、どちらかが偽造しているのではないかと疑う人もいるかもしれない。

野上の方をちらりと見ると、興味深そうに顎に手をやっていた。

ケントが仕上げた一枚も、四季のうち欠けた春を再現しているわけだが、他のチームともっとも異なるのは、描いている花木の種類だった。これまでの二枚はいずれも、梅の木をメインにしていた。梅は永徳の得意とする画題であり、永徳の代表作にもくり返し登場する。

しかしケントが再現したのは、桜の木だった。桜も、晩年の「老松桜図屛風」をはじめ、描かれなかったわけではないが、珍しい画題には違いない。永徳の通常の画風のなかに位置づけるとすれば、かなり例外的なモチーフである。

「今回の調査のもっとも大きな発見は、この屏風が息子に大きな影響を与えたという点です。二人は日本美術史上、もっとも様式がかけ離れた父子としても知られます。つまりこの屏風こそ、永徳の従来のイメージを覆すような一枚に違いなかったのです。権力を演出するような他の画風よりも、むしろ平和を謳《うた》い、悠久の時の流れを願うような、繊細な表現がなされていたのではないでしょうか」

ケントの語り口には信憑性があり、会場は静まり返っていた。招待客の全員がその話に耳を傾け、ケントが提示する世界に引き込まれているようだった。熱弁をふるうケントの報告を、パトリシアは真剣な面持ちで聞いていた。

プレゼンが終わると、場内は拍手に包まれた。

質疑応答の時間になると、招待客ではなくドクター・チェンが挙手をした。

「プロフェッサー・スギモト。まずお伺いしたいのですが、その縮図が本物であり、また信頼に足るほどの再現度があるという根拠は？　あなた方の言うことが真実なら、なぜ別のチームが発見した下絵には、まったく異なる内容が描かれていたのです？　少なくともミスター・ノガミの提示した下絵には落款があるが、あなたの下絵にはない。筆跡鑑定でもしましたか」

「いいえ、筆跡鑑定はしていません。というより、するまでもないですからね。考えられる可能性としては、二通りあります。私たちの縮図も、野上さんの下絵も、どちらもじつは光信が描いたものでしょう。ただし下絵から本紙に描く段階で、大幅に構図が変更されたせいで、両者はまったく違うものになった。あるいは、さきほどの下絵こそが偽物であるという可能性もありますね」

ケントの大胆な意見を受けて、パトリシアは野上に訊ねる。

「あなたはどう思う？」

ずっと黙っていた野上が口をひらいた。

「失礼ですが、それはあり得ないかと思いますね。プロフェッサー・スギモトは、あなた方の縮図こそ正しい、と主張しているわけですが、少し調べれば受けいれがたいことが分かるでしょう。こちらは下絵を科学分析にかけたうえで永徳筆と結論づけました。のちほど詳しい報告書を提出します」

野上は鑑定結果がまとめてあるファイルに、静かに手を乗せた。

パトリシアは野上の言うことにもっとも信頼を置いているらしく、「さすが、ずいぶんと用意周到ね。すばらしいわ」と手を叩いた。

「もっと言えば、プロフェッサー・スギモトの復元した一枚を認めるというのは、一番お勧めしませんね。というのも、彼が描いたのは桜だからです」

パトリシアは眉を上げて、野上に訊ねた。

「しかし桜は日本のシンボル・ツリーでは？」

「それはごく最近になってからの話です。古来、日本では花見の文化があって桜を愛でる和歌も多く詠まれてきましたが、桜よりも梅の方が好んで鑑賞されたと言われています。後世になって、桜を愛でる習慣は定着しますが、依然として正式な場に用いられる屏風には、桜よりも梅の方が多く描かれます。もちろん、彼ほどの人が、それを知らないはずはないとは思いますが」

ケントは黙っていた。野上の言う通り、考えがあって桜にしたわけだが、それほど野上の発言は正しく、反論の余地はなかった。なにより、その場の空気から、野上の方が優勢であることは間違いなかった。


質疑応答が終わり、審査の時間に入るという。修復士たちはいったん広間のとなりの控え室にて、審査の結果を待つようにと言われた。憤慨した様子で庭先まで頭を冷やしにいくケントと離れて、晴香は一人椅子に腰を下ろした。控え室の窓からは、小高い丘のうえにあるおかげで、町に点在する陶磁器工場の屋根が見えた。

それにしても、と晴香はため息を吐く。

せっかく半年にも近い月日を費やしたのに、今回の勝負は手詰まりに近かった。やはり日本美術の専門家である野上にはそう簡単には勝てそうにない。さきほどの反応からしても、パトリシアは野上の復元にもっとも心を動かされたようである。選ばれなければ賞金も得られない。

――いっそ野上さんがつくった贋作だったりしないか？

ケントは苦し紛れに言っていたが、野上の哲学からしてあり得ない。そんなズルをする修復士ではないのだ。だからケントが最初に仮説を立てた通り、運の悪いことに下絵まで永徳の筆であると狩野家の絵師たちの手で改ざんされた可能性が高い。

そのとき、晴香のスマホが着信した。

画面を確認すると、意外な名前が表示されていた。

「審査はどうだった？」

「ヘル！　どうしたの、こんな時間に？」

しかし晴香の問いは無視して、こう訊ねてくる。

「どうせ劣勢なんだろ？」

「よく分かりますね……今回は駄目かもしれません。別のチームが、かなり有力な証拠を提出してしまって」

晴香が細かく状況を説明するのを、ヘルは短い相槌を打ちながら聞いていた。そしてひと通りの説明が終わると、やっぱりな、と鼻で嗤《わら》うのが分かった。

「そんなことだろうと思ったよ。せっかく私が手を貸してやったというのに、あの男はなにをやってる？　きっと桂二郎が絡んでいたから、今回あいつの持ち前の実力を発揮しきれなかったんだろう。でも安心しろ。こうなることは、織りこみ済みだった。依頼人が結論を出すのはいつだ？」

「まもなく戻ってきて、結果を言い渡されるそうです」

「あと五分でそっちに着く。屋敷の前で待っていてくれ」

思いがけない展開で、スマホを落としそうになった。

「こっちに着くって、ストーク・オン・トレントに来てるんですか」

「おまえたち二人だけじゃ勝てそうにないから、助け船を出してやる。詳しいことは着いてから話す」

どういうことかと訊ねようとしたつぎの瞬間には、電話は切れてしまっていた。晴香はこのことをケントに報告しようと姿を探したが、ケントが庭から戻ってくるよりも先にヘルから屋敷に着いたという連絡が入った。

屋敷の入口で、ヘルは警備員に止められていた。それも無理はない。ヘルの恰好《かっこう》はいつにも増して気合が入り、髪はツンツンに立ってパンクロッカーそのものだ。英国貴族階級の邸宅に決して似つかわしいとは言えない。

「どうした、急に」

ケントは狼狽えつつも、警備員に「彼女は僕たちの仕事を手伝ってくれたチームの一員です」と説明する。

「今説明している時間はない。審査が行なわれている場所に連れていけ」

「なんのために？」

「おまえのために決まってるだろう。そうそう、これは父親からの伝言だ。おまえたちはよくやった、あとは任せてくれ」

呆気にとられながらも、ケントはヘルを審査員たちのいる部屋に案内した。

ヘルは扉の前で立ち止まった。議論する声が、廊下の方まで聞こえてくる。パーティでも顔を合わせたが、なかには英国のみならず欧州やアジアから集められた、コレクターや学芸員、大学教授といった専門家もいた。

「もし本当に永徳が桜を描いたのなら、新しい趣向と言えますね。このような優美で可憐な作風は、光信のみならず若い頃の永徳を彷彿とさせます」

「おっしゃる通り。ミスター・ノガミはあのように言いましたが、枕草子に桜を愛でる文章がいくつか登場します。ただし、復元であることを鑑みると、やや説得力に欠けるというか、奇抜すぎかもしれませんね」

「ええ、私もミスター・ノガミの復元に一票を投じます。梅の方が、全体的に永徳らしくまとまっていますから。もしあなたが永徳の筆による屏風だと信じるのであれば、永徳様式に従ったノガミの案を採用すべきでしょう」

パトリシアが集めてきた愛好家たちは、かなりの屏風通のようだった。というより、美術品についてあれこれ話し合うことが、三度の飯より好きな面々だ。しかしなにを隠そうイギリス人の血が流れるケント自身も、大の議論好きである。反論せずにはいられず扉に手をかけたケントを押しのけるように、ヘルがなかに入った。

「みなさんに見てほしいものが」

見知らぬ女が議論の途中で割って入ってきて、その場にいた人々は啞然とする。

「あなたは？」

パトリシアに訊ねられ、ヘルは「審査を手伝いにきた」と答えた。

「突然どういうことかしら？　今、厳選なる審査をしているところだから、終わるまで待っていてもらえない？」

「いや、結論を出す前に見てほしい」

白い壁の方に片腕を掲げたかと思うと、義手の先端から一筋の光が発せられた。

R2－D2のパロディ？

晴香は心のなかでそうツッコまずにはいられなかった。いきなり審査会場に乱入したこと以上に、とにかく義手のプロジェクターが周囲の全員の度肝を抜いている。ヘルはどこか恥ずかしそうに「私じゃなく投影している画像を見ろ！」と注意した。

うつしだされたのは、三チームによって復元された屛風の、昔の姿だった。一扇たりとも欠けていない完璧な姿である。画質が悪くかなり前に撮影されたものらしい。しかし焼失した部分に、ケントが復元させたのと同じ桜の大木が描かれていることははっきりと判別できた。ケントの読み通り、周囲では春の訪れを祝うように鳥が飛び交っている。

「これは今から半世紀ほど前に、屛風を安置していた寺で撮影された写真だ」

「待ちなさい。そもそもあなたは何者で、これが本物だって証明はあるの？　ケント、ちゃんと説明してちょうだい」

動揺を隠せない様子のパトリシアは、ケントに助け船を求めるが、ケントもただ驚かされている様子だ。

ヘルはスライドを切り替える。

「私が説明するって言ってるだろ？　でもあんたなら、これを見ればすぐに分かると思うがな。この屏風の画像はもっと大きな写真からトリミングしたものだ。もとの写真にうつっている人物の正体は、ここにいるケント・スギモトの父親だ」

スクリーンには、屏風の前で仲睦まじげに立っている男性と少年がうつっていた。親子ほど年は離れていない。二人とも、たしかにケントと似ている。

「桂二郎さんってことですか！」と思わず晴香はヘルに訊く。

「おまえたちも知る通り、ここにいるスギモトの父、桂二郎は、子どもの頃にこの屏風を寺で目にしたことがあった。そして最近、同行していた兄が写真を撮っていたことを思い出し、これを私に託した」

予想もしなかった手がかりに、晴香は話をしにいってよかったと心から思った。しかし経緯を知らないケントは「おいおいおい、こんな切り札があるならもっと早く出してくれよ！親父はただのいじわるなのか？」と頭を抱えている。晴香が説明するより早くドアの開く音がした。

「簡単には信じがたいですね」

ふり返ると、野上やドクター・チェンが控え室から声を聞きつけたらしく、部屋に入ってきた。チェンがパトリシアに抗議する。

「いきなり乱入してきた部外者の、不確かな情報を鵜呑みにするのでしょうか？　われわれは緻密な調査に基づいて、今回の復元をしたわけです。このような写真など、いくらでも合成できますし、スギモトの復元にそっくりだったなんて、あまりに都合がよすぎではありませんか！」

「合成を疑うのなら、好きなだけフィルムの状態を確認すればいい。現像したフィルムごとここに持参したぞ」

ヘルはそう言って、テーブルのうえにファイルを置いた。

「人間不信になりそうだ」と青ざめるケントを無視して、晴香は改めてヘルがうつしだしている写真を眺める。四季が永遠に流転しつづける構図のなかで、とくに春の一枚は、桜でなくてはならなかったように完璧に見え、ケントの持論を後押ししていた。

パトリシアは困惑した表情を浮かべながらも、会場の審査員に言う。

「たしかに私があの屏風を入手することになったのは、骨董商だった彼の父親から存在を教えてもらったからなんです。だから十分にあり得ることでしょう。ただ、彼の父親がこれほど昔から、その屛風を知っているとは思いませんでした。詳しい事情を聞く必要がありますね」

＊

「君のことも親父のことも、ますます信用できなくなったよ」

ストーク・オン・トレントからロンドンへと戻る車内で、助手席に座るケントは、後部座席に同乗しているヘルに嫌味っぽく言う。バックミラーにうつるヘルは、頬杖をついて窓の外を眺めていたが、身を乗りだして抗議する。

「もう十分に説明しただろ！」

「説明したじゃないですか！」

晴香もつい声を合わせてしまった。

「なんか納得がいかないんだよ、蚊帳の外にされたみたいで。それに君の本当の企みは、いったいなんだったんだ？」

「おまえは本当に面倒な男だな。私と桂二郎、それに晴香の計らいがなきゃ、今頃なんの収獲もなく半ベソかいてロンドンに帰ってるところだぞ。まずは礼を言え、礼を」

ケントはむっとした表情で答える。

「俺の復元は悪くなかった。パトリシアに見る目がなさすぎたんだ」

しかし依頼人への説得力という点では、ヘルの言う通りだった。

ヘルが持ってきてくれた写真のおかげで、審査員たちの意見がひっくり返った。パトリシアは半世紀以上前の写真の正しさを信じ、ケントが復元させた一扇こそが本物にもっとも近いと結論づけた。満場一致での決断だったらしい。

――あなた方には、現存する他の部分の修復もこれから行なってほしい。表面は剝がれやヒビが目立っているし、イギリスの湿度のせいで凸凹もしている。後世に末永く残るように、どうかお願いね。

パトリシアは後日ストーク・オン・トレントにある屛風をまとめてロンドン市内に輸送することを約束した。復元の仕事もタイトなスケジュールを言い渡されたが、他の五扇の修復もなかなかに骨の折れる作業になるだろう。

とはいえ、ケントは結果的に腕が認められ、「まぁ、アシストには感謝するが、俺の実力あってこその勝利だ。それに、もっと早くなんとかできたんじゃないか」などと偉そうである。あれほど父に話を聞きにいくことを嫌がっていたのに、忘れたのだろうか。負けた二チームが気の毒なくらいだ。とくに野上からしてみれば、途中までは優勢だったのに、最後の番狂わせによって逆転されたようなものだ。

別れ際、はじめて桂二郎と兄の知られざる過去を聞いたというパトリシアは、涙ながらにケントにこう言った。

——父と息子、兄と弟……時空を超えて、そんな関係性や絆がこの屏風を守ってきたという点は、ある意味で狩野派の屏風らしいエピソードね。

ヘルは髪を風になびかせていたが、やがて窓を閉めてこう言った。

「桂二郎から今回の修復の話をされたとき、おまえがやるべきだと判断したから、おまえに再度干渉してやった。それがすべての企みだよ」

ケントは口をひらきかけたが、結局黙っていた。

今回の一件はヘルの恩返しという一言で片付きそうだった。自分をどん底から救ってくれた桂二郎に対して、そして刑務所から自由の身にしてくれたケントに対して、ヘルはこれ以上ない方法で、感謝の意を示したのだった。

もちろん、本人に訊いたところで素直に教えてくれるわけがないけれど。

エピローグ

ベイカー・ストリートの通り沿いには、一年でもっとも大きな祭日を祝うための、美しい花籠が至るところに飾られていた。それらは十二月のロンドンらしい暗く曇った冬空の下でも、晴れやかさを演出してくれる。

桂二郎がフラットを訪ねてくるのは、イースター以来これで二度目である。

「わざわざありがとうございます」

「いや、この近くで用事があったから、ちょうどよかったよ。例の修復が終わったんだって？」

「ついに」

案内した下階の工房には、修復を終えた例の屏風を飾ってあった。

顔料の剝落止めもしっかりと行ない、つい先日まで表面の汚れを落とすために表打ちと呼ばれる紙の層を施していた。今ではその表打ちも取り除かれ、顔料や墨の本来の色がよみがえっていた。

桂二郎は屏風の前で立ちつくし、しばらく無言で見つめていた。二人から彼にこの屏風を見せるのは、はじめてのことだった。修復のために届いたあとも「全部が終わってからにしよう」というケントの意向で先延ばしにしていたのだ。

彼は深く息を吸うと、こちらをふり返った。

「一瞬、過去に引き戻されたよ」

「そう言ってもらえて、安心しました。日本から麩糊を取りよせて、なるべく本来の方法で修復をしたんです。粘着力が弱くて、水で簡単に落ちるから、画面の汚れを浮き出してくれました」

「たしかに記憶のなかの姿にそっくりだ。ほとんど時の経過を感じさせない。つくづく修復士というのは、すごい職業だよ」

「そう言ってもらえてよかったです。来週ストーク・オン・トレントに返送される予定なんですが、その前にどうしても桂二郎さんに見てほしくて。今回は本当に力になってもらったし、特別な作品と聞いてもいたので」

大きくなにかを変えたわけではないが、全体的に見違えるようになっていた。汚れも落とされ、クスミや亀裂も目立たなくなった。襖だった本来の構造を生かし、縁に嵌《は》める襲木《おそいぎ》を太めにすることで、図像のズレを解消したことも説明する。

「そうそう、裏側の唐紙には、もともとの所蔵先だった光球院の寺紋を版木にして、京都の唐紙屋に発注したんですよ」

晴香の説明に耳を傾けたあと、「パトリシアもきっと満足するだろうね。二人に修復を頼んで正解だったって。これから先、彼女の後継ぎに渡ることになっても、時間の流れには耐えうる強さを与えられたわけだからね」と桂二郎は言った。

「ただ、今日呼びだしたのは、これを見せるためだけじゃないんです」

そう切りだすと、桂二郎は「なんだね？」と首を傾げた。

「ここに来ていただいたのは、私のアイデアじゃないんです」

事情を摑みきれない様子の桂二郎に、ケントがあるものを手渡す。

「見せたいものがあるんだ」

「なんだ、クリスマスプレゼントかい？」

照れ隠しらしく茶化すように訊ねる父に、ケントは真顔で作業机のうえを指した。上部を覆っていた白い薄紙を取りはらうと、なかから現れたのは一枚の墨絵だった。古びを帯びているが、こちらも適切な処置を施してあるおかげで、しわひとつない。

桂二郎はその墨絵を一目見て、顔色を変えた。

「それは屛風の反故紙《はごし》に使用されていた、古い紙だよ。金箔が貼られている本紙と、下地を剝がしている途中に、その存在に気がついたんだ。あんたなら、なにが描かれているのか分かるだろ？」

水辺に囲まれた崖のうえに建設された立派な城が、墨の線で克明に描写されている。山々にはいくつかの寺が点在し、その下には城下町の賑わいが広がる。雲に囲まれた城の様子は、天空に浮かんでいるようにも見えた。

「信じられない……『安土城図屛風』の下絵か？」

この依頼を引きうけてから、何度かケントとも話していた幻の屛風の手がかりが、まさか内側に残されていたとは、誰も想像していなかった。桂二郎は啞然としながら、身をかがめてその絵を凝視する。本能寺の変があった三年後の天正十三年、バチカン市にいるローマ教皇の手に渡ったものの、そのあと長らく所在不明となっている幻の屛風の下絵だった。

「ああ、おそらく永徳は、もともと襖だったこの作品を屛風にするときに、せめて自分の下絵だけでも後世に残るようにと願って隠したんだろう」

「東洋美術愛好家ならば、どうやっても在り処《か》を知りたいと夢見るお宝じゃないか！　今まで長く骨董商をやってきたが、ヨーロッパにいると噂を聞くんだよ。あそこにあるらしいとか、あの人なら知ってるとかね。その都度見にいったものの、結局は期待外れの結果だった。

それがまさか目の前にあるなんて」

桂二郎の熱弁は止まらなかった。

「あんたに受けとってほしい」

思いがけない提案に、桂二郎は顔を上げた。

「私にって、そもそもパトリシアのものだろう？」

「もう話したよ。この下絵のことだけじゃなくて、柊一郎さん――伯父さんとあんたが長いあいだこの屏風に惹かれていたっていう話もね。パトリシアは父さんに申し訳なかったと言っていて、せめてこれを贈りたいらしい」

戸惑いの表情を浮かべる桂二郎に、晴香も声をかける。

「私も賛成です。この屏風が本来の姿に戻ったのは、桂二郎さんのおかげでもあります。それに桂二郎さんなら、この下絵をどう扱えばいいのか、日本美術史の謎を解き明かすためにどうすればいいのかご存じでしょう？」

ありがとう、と彼は肯いた。

「ずっと苦労をかけて悪かったな、ケント」

「今更なんだよ？　もうお互いにいい年齢なんだ。過去にこだわるのはやめよう」

ファザコンとしてさんざん桂二郎の文句を言っていたのはどっちだよ、と晴香はケントをほほ笑ましく見守る。

「ところで、これから予定とかあります？　もしお時間があるなら、一緒に夕食でもいかがですか？　ちょっとしたクリスマスパーティを開くんです。アンジェラ母子の他、何人か来る予定で」

今夜のために、フラットにはそれほど大きくないがクリスマスツリーを飾り、玄関先にも英国の伝統的なこの季節の飾り物ミスルトーを掛けていた。ケントからは「いかにも幼稚でやりすぎ」と酷評されたが、晴香はクリスマスの高揚感こそ楽しんだ者勝ちだという考え方だった。

「通りで焼き菓子の香りがすると思っていたんだ」

「桂二郎さんの分も準備してありますよ」

「じゃあ、お言葉に甘えて」と言う桂二郎を遮って、ケントは「それなら、きっちり働いてもらおうじゃないか。じつは父さんに見てほしい作品があるんだ。真贋についての意見を聞かせてほしい」と言う。

「図々しいやつだ。まぁ、親子割引で大目に見てやろう」

桂二郎とケントはわいわいと会話を弾ませた。

パーティがお開きとなり、招待した人々も帰路についたあと、晴香とケントは二人で片づけをした。テレビではクリスマスを祝うチャリティ番組が放送され、ハイドパークからは仮設マーケットの光が漏れてくる。

「桂二郎さんも、みんなと楽しんでくださったみたいでよかったですね」

「アンジェラは最初気を遣ってたけどな」

皿を洗っているケントに、晴香は「そうそう」と机を拭きながら言う。

「アンジェラから今度のオークション・ハウスのセールスで、作品のケアを任せたいって言われたんですけど、引きうけていいですか」

「どうして俺に訊く？　そういうのは、自主的に決めればいいって。前も言ったけど、君のことはもう助手じゃなくて一人前の修復士として見てるから」

ケントの言う通り、晴香はあのお披露目会以来、彼との対等な関係を意識して仕事をしていた。その方が以前よりもずっと働きやすく、効率も上がっているので、今までどうしてそうしなかったのだろうと不思議なくらいだった。彼の顔色を窺って空回りすることも減った。

「ありがとうございます」

「いや、礼を言うのは、こっちの方だよ」

皿洗いを終えたケントは手を拭きながら、晴香にソファに座るように促し、テーブルを挟んで斜めに腰を下ろした。「君のおかげでいろいろと救われた。きっと君がいなくなると急に不便を感じるんだろうな」

「どうしたんです、急に」

冗談めかして言ったが、ケントは笑わない。

ケントはしばらく真顔で晴香のことを見つめていたが、ふと目元にしわを寄せて「どうもしない。疲れたから、そろそろ部屋に戻るよ。君も忙しかっただろうから、今夜はゆっくり休むといい。おやすみ」と言って腰を上げた。

「おやすみなさい。また明日」

ケントは数秒、晴香を見下ろしていたが、「ああ」と答えて部屋を出ていった。なんだか様子がおかしいなと思いながらも、時刻は深夜一時を回っているので、晴香も眠くなってきた。あとの片付けは翌日に残して、自室に引きあげた。


晴香はゆっくり眠ろうと思っていたが、翌朝、まだ暗いうちに目が覚めてしまった。布団から起きあがって時計を確認すると七時過ぎ。スリッパをつっかけて階下に向かいながら、静かだなと思う。

というのも、ケントはたいてい明け方に目を覚まし、自室か工房でなにやら作業をすることがほとんどなのだ。外出でもしたのだろうか。しかし共有スペースの机に置いてあった白い紙——昨夜片付けをしたときにはなかった——を見て、晴香の心臓が跳ねた。

短い置手紙だった。

【しばらく不在にする。連絡も返せない】

明らかにケントの文字だった。慌てて階段をのぼり、ケントの部屋をのぞいたが、きれいにベッドメイクされているうえに、洋服や出張用スーツケースなど、一部の荷物がなくなっている。

ただの出張にしては、置手紙なんて大袈裟すぎる。しかも昨晩のケントの様子はどこか違和感があった。いったいどこに行ったのだろう。晴香は薄暗く誰もいないフラットで呆然としてしまった。

この作品は書き下ろしです。原稿枚数428枚（400字詰め）。

●好評既刊
ご飯の島の美味しい話
飯島奈美

映画「かもめ食堂」でフィンランド人スタッフに大好評だった、おにぎり。「夜中にお腹がすいて困るよ」と言われたドラマ「深夜食堂」の豚汁。人気フードスタイリストの温かで誠実なエッセイ。

●好評既刊
ああ、だから一人はいやなんだ。2
いとうあさこ

セブ旅行で買った、ワガママボディにぴったりのビキニ。気づいたら号泣していた「ボヘミアン・ラプソディ」の〝胸アツ応援上映〟。〝あちこち衰えあさこ〟の、ただただ一生懸命な毎日。

●好評既刊
文豪はみんな、うつ
岩波　明

文学史上に残る10人の文豪――漱石、有島、芥川、島清、賢治、中也、藤村、太宰、谷崎、川端。このうち7人が重症の精神疾患、2人が入院、4人が自殺。精神科医によるスキャンダラスな作家論。

●好評既刊
隣人の愛を知れ
尾形真理子

誰かを大切に想うほど淋しさが募るのはなぜ？　自分で選んだはずの関係に決着をつける〝事件〟が起きた6人。『試着室で思い出したら、本気の恋だと思う。』の著者が描く、出会いと別れの物語。

●好評既刊
真夜中の栗
小川　糸

市場で買った旬の苺やアスパラガスでサラダを作ったり、年末にはクルミとレーズンたっぷりの林檎ケーキを焼いたり。誰かのために、自分を慈しむために、台所に立つ日々を綴った日記エッセイ。

幻冬舎文庫

●好評既刊
気になる占い師、ぜんぶ占ってもらいました。
さくら真理子

霊視、催眠療法、前世療法、手相、タロット、護符、覚醒系ヒーリングまで。人生の迷路を彷徨う痛女が総額一〇〇〇万円以上を注ぎ込んで、ついに辿り着いた当たる占い師の見分け方とは!?

●好評既刊
真夜中の底で君を待つ
汐見夏衛

17歳の更紗がアルバイト先の喫茶店で出会った「黒縁」さん。不思議な魅力を湛えた彼との特別な時間が、過去の痛みを解きほぐしていく。愛に飢えた彼女と愛を諦めた彼が織り成す青春恋愛小説。

●好評既刊
ろくでなしとひとでなし
新堂冬樹

コロナ禍、会社の業績が傾いて左遷されそうな佐伯華は、売り上げが落ちた食堂を営む父に金を無心されていた。マッチングアプリで財閥の御曹司に狙いを定めて、上級国民入りを目指すが……。

●好評既刊
意地でも旅するフィンランド
芹澤　桂

ヘルシンキ在住旅好き夫婦。暗黒の冬のフィンランドから逃れ、日差しを求めて世界各国飛び回る。つわり、子連れ、宿なしトイレなし関係なし！　馬鹿馬鹿しいほど本気で本音の珍道中旅エッセイ！

●好評既刊
決戦は日曜日
高嶋哲夫

谷村は、大物議員の秘書。暮らしは安泰だったが、議員が病に倒れて一変する。後継に指名されたのが議員の一人娘、自由奔放で世間知らずの有美なのだ――。全く新たなポリティカルコメディ。

コンサバター

失《うしな》われた安土《あづち》桃山《ももやま》の秘宝《ひほう》

一色《いっしき》さゆり

令和4年4月10日　初版発行

発行人――石原正康
編集人――高部真人
発行所――株式会社幻冬舎
〒151-0051東京都渋谷区千駄ヶ谷4-9-7
電話　03(5411)6222(営業)
　　　03(5411)6211(編集)
振替00120-8-767643
印刷・製本―中央精版印刷株式会社
装丁者――高橋雅之

幻冬舎文庫

ISBN978-4-344-43177-5　C0193　い-64-3

幻冬舎ホームページアドレス　https://www.gentosha.co.jp/
この本に関するご意見・ご感想をメールでお寄せいただく場合は、
comment@gentosha.co.jpまで。